Contents

406　クマさん、押し花を作る …… 10
407　クマさん、お店の手伝いをする …… 18
408　クマさん、シアの護衛をする …… 27
409　クマさん、２人のお姫様とアイスを食べる …… 40
410　クマさん、大きな卵でプリンを作る …… 53
411　クマさん、ティルミナさんに秘密を話す …… 65
412　クマさん、タールグイを一周する …… 75
413　クマさん、ドワーフの街に行くことにする …… 85
414　クマさん、エルフの村にやってくる …… 95
415　クマさん、タリアさんに捕まる …… 107
416　クマさん、ドワーフの街に向けて出発する …… 121
417　クマさん、クマハウスで一泊する …… 132
418　クマさん、ジェイドさんたちと再会する …… 144
419　クマさん、ルドニークの街に入る …… 153
420　クマさん、鍛冶屋地区に向かう …… 164
421　クマさん、トウヤの試験を見学する …… 175
422　クマさん、試験に挑戦する …… 187
423　クマさん、ロージナさんに会う …… 195
424　クマさん、ゴルドさん、ガザルさんについて話す …… 208
425　クマさん、ミスリルナイフを見せる …… 217
426　クマさん、調理道具を購入する …… 228
427　クマさん、買い物をする …… 238
428　クマさん、試しの門を見に行く …… 251
429　クマさん、ルイミンをお姫様抱っこする …… 262
430　クマさん、社会科見学をする …… 274
431　クマさん、もう一度、剣を斬る …… 282
432　クマさん、家を購入する …… 293
433　クマさん、家を掃除する …… 302
書き下ろし　クマさん、夏用のクマの制服を作る …… 314
書き下ろし　鍛冶職人　クセロ編 …… 324

あとがき …… 332

くまクマ熊ベアー16

▶ユナ'S STATUS_

名前：ユナ
年齢：15歳
性別：女

▶クマのフード（譲渡不可）
フードにあるクマの目を通して、武器や道具の効果を見ることができる。

▶白クマの手袋（譲渡不可）
防御の手袋、使い手のレベルによって防御力アップ。
白クマの召喚獣くまきゅうを召喚できる。

▶黒クマの手袋（譲渡不可）
攻撃の手袋、使い手のレベルによって威力アップ。
黒クマの召喚獣くまゆるを召喚できる。

▶黒白クマの服（譲渡不可）
見た目着ぐるみ。リバーシブル機能あり。
表：黒クマの服
使い手のレベルによって物理、魔法の耐性がアップ。
耐熱、耐寒機能つき。
裏：白クマの服
着ていると体力、魔力が自動回復する。
回復量、回復速度は使い手のレベルによって変わる。
耐熱、耐寒機能つき。

▶黒クマの靴（譲渡不可）
▶白クマの靴（譲渡不可）
使い手のレベルによって速度アップ。
使い手のレベルによって長時間歩いても疲れない。耐熱、耐寒機能つき。

◀くまゆる
（子熊化）
▼くまきゅう

▶クマの下着（譲渡不可）
どんなに使っても汚れない。
汗、匂いもつかない優れもの。
装備者の成長によって大きさも変動する。

▶クマの召喚獣
クマの手袋から召喚される召喚獣。
子熊化することができる。

スキル

▶異世界言語
異世界の言葉が日本語で聞こえる。

話すと異世界の言葉として相手に伝わる。

▶異世界文字
異世界の文字が読める。

書いた文字が異世界の文字になる。

▶クマの異次元ボックス
白クマの口は無限に広がる空間。どんなものも入れる（食べる）ことができる。

ただし、生きているものは入れる（食べる）ことはできない。

入れている間は時間が止まる。

異次元ボックスに入れたものは、いつでも取り出すことができる。

▶クマの観察眼
黒白クマの服のフードにあるクマの目を通して、武器や道具の効果を見ることができる。

フードを被らないと効果は発動しない。

▶クマの探知
クマの野性の力によって魔物や人を探知することができる。

▶クマの召喚獣
クマの手袋からクマが召喚される。

黒い手袋からは黒いクマが召喚される。

白い手袋からは白いクマが召喚される。

召喚獣の子熊化：召喚獣のクマを子熊化することができる。

▶クマの地図 ver.2.0
クマの目が見た場所を地図として作ることができる。

▶クマの転移門
門を設置することによってお互いの門を行き来できるようになる。

3つ以上の門を設置する場合は行き先をイメージすることによって転移先を決めることができる。

この門はクマの手を使わないと開けることはできない。

▶クマフォン
遠くにいる人と会話ができる。

作り出した後、術者が消すまで顕在化する。物理的に壊れることはない。

クマフォンを渡した相手をイメージするとつながる。

クマの鳴き声で着信を伝える。持ち主が魔力を流すことでオン・オフの切り替えとなり通話できる。

▶クマの水上歩行
水の上を移動することが可能になる。

召喚獣は水の上を移動することが可能になる。

▶クマの念話
離れている召喚獣に呼びかけることができる。

魔法

▶クマのライト
クマの手袋に集まった魔力によって、クマの形をした光を生み出す。

▶クマの身体強化
クマの装備に魔力を通すことで身体強化を行うことができる。

▶クマの火属性魔法
クマの手袋に集まった魔力により、火属性の魔法を使うことができる。

威力は魔力、イメージに比例する。

クマをイメージすると、さらに威力が上がる。

▶クマの水属性魔法
クマの手袋に集まった魔力により、水属性の魔法を使うことができる。

威力は魔力、イメージに比例する。

クマをイメージすると、さらに威力が上がる。

▶クマの風属性魔法
クマの手袋に集まった魔力により、風属性の魔法を使うことができる。

威力は魔力、イメージに比例する。

クマをイメージすると、さらに威力が上がる。

▶クマの地属性魔法
クマの手袋に集まった魔力により、地属性の魔法を使うことができる。

威力は魔力、イメージに比例する。

クマをイメージすると、さらに威力が上がる。

▶クマの電撃魔法
クマの手袋に集まった魔力により、電撃魔法を使えるようになる。

威力は魔力、イメージに比例する。

クマをイメージすると、さらに威力が上がる。

▶クマの治癒魔法
クマの優しい心によって治療ができる。

クリモニア

フィナ
ユナがこの世界で最初に出会った少女、10歳。母を助けてもらった縁で、ユナが倒した魔物の解体を請け負う。ユナになにかと連れまわされている。

シュリ
フィナの妹、7歳。母親のティルミナにくっついて「くまさんの憩いの店」なども手伝うとってもけなげな女の子。くまさん大好き。

ティルミナ
フィナとシュリの母。病気のところをユナに救われる。その後ゲンツと再婚。「くまさんの憩いの店」などのもろもろをユナから任されている。

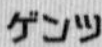

ゲンツ
クリモニアの冒険者ギルドの魔物解体担当官。フィナを気にかけており、のちティルミナと結婚。

ノアール・フォシュローゼ
愛称はノア、10歳。フォシュローゼ家次女。「クマさん」をこよなく愛する元気な少女。

クリフ・フォシュローゼ
ノアの父。クリモニアの街の領主。ユナの突拍子もない行動に巻き込まれる苦労人。きさくな性格で、領民にも慕われている。

シェリー
孤児院の女の子。手先の器用さを見込まれ裁縫屋さんで修業中。ユナから、くまゆるとくまきゅうのぬいぐるみ作製の依頼も受ける。

テモカ
クリモニアの街の裁縫屋。シェリーが弟子入りしている。

カリン
モリンの娘。母と一緒に「くまさんの憩いの店」で働くことに。母に負けずパン作りが上手。

ネリン
モリンの親戚。モリンを訪ね王都へと来たところ、ユナに出会う。のち、モリンの店のケーキ担当に。

アンズ
ミリーラの町の宿屋の娘。ユナからその料理の腕を見込まれ勧誘を受ける。父の元を離れ、クリモニアで「くまさん食堂」を任されることに。

モリン
元王都のパン屋さん。店のトラブルをユナに助けられ、その後「くまさんの憩いの店」を任される。

ニーフ
アンズの店で働くためシーリンの町からクリモニアの街にやってくるが、孤児院で働くことに。

セーノ
アンズの店で働くためやってきた一番年下の女性。

フォルネ
アンズの店で働くためやってきた、アンズやセーノさんのお姉さん的な存在の女性。

ベトル
アンズの店で働くためやってきた、真面目な女性。

ゴルド
クリモニアの鍛冶屋主人。フィナの持つミスリルナイフを作った。

シーリン

ミサーナ・ファーレングラム
愛称はミサ。ノアを姉のように慕っており、クマさんファンクラブの会員でもある。ユナのことをユナお姉様と呼ぶ。

王都

エレローラ・フォシュローゼ
ノアとシアの母、35歳。普段は国王陛下の下で働いており、王都に住んでいる。なにかと顔が広く、ユナにいろいろと手を貸してくれる。

シア・フォシュローゼ
ノアの姉、15歳。ツインテールで少し勝気な女の子。王都の学園に通う。学園での成績は優秀だが、実力はまだまだ。

フローラ姫
エルファニカ王国の王女。ユナを「くまさん」と呼び慕っている。絵本やぬいぐるみをプレゼントされたりと、ユナからも気に入られている。

ティリア
エルファニカ王国の王女。フローラ姫の姉。王都の学園に通うシアの同級生。フローラ姫からユナのことを「くまさん」と教えられており、会うことを楽しみにしていた。

ガザル
王都鍛冶屋の主人。ユナはゴルドの紹介で訪れる。のちにユナため戦闘用ミスリルナイフを作る。

エルフの村

サーニャ
王都の冒険者ギルドのギルドマスター。エルフの女性で、ユナは、冒険者とのトラブルなどでお世話になる。鷹のような召喚鳥・フォルグを使役する。

ルイミン
サーニャの妹。王都のクマハウスの前で行き倒れているところをユナに助けられた。礼儀正しいが､ドジッ子な一面も。

ムムルート
ルイミンとサーニャの祖父。エルフの村の長を務めている。かつては冒険者として活躍していた。

ルッカ
ルイミンとサーニャの弟。8歳。ルイミンのことが大好き。

アルトゥル
サーニャとルイミンの父親。見た目は20代前半ぐらいの細身の男性エルフ。

ベーナ
ルイミンとサーニャの祖母。ムムルートの妻。妙齢の女性エルフ。

タリア
ルイミンとサーニャの母親。その見た目は、娘2人のお姉さんといわれても違和感がない。

ラビラタ
エルフの森の番人を務める無口なエルフの若者。サーニャの婚約者。

ジェイドのパーティー

ジェイド
ゴーレム退治やデゼルトの街など、ユナとなにかと縁のある４人組冒険者パーティーの、頼れるリーダー。ユナの力を認めており、本人もかなりの実力者。

トウヤ
軽薄でお茶目な男性剣士。
いじられ役で、パーティーのムードメーカー的存在。

メル
明るくいつも笑顔な魔法使いの女性。くまゆるとくまきゅうが大好きだがなかなか乗せてもらえない。

セニア
クールなナイフ使いの女性。
いつもトウヤをからかっている。

ラルーズの街

レトベール
ラルーズの街で絶大な影響力を持つ大商人。抜け目ない人物だが、孫娘には甘い。ユナには、絵本と交換でラルーズの街の家を与えた。

アルカ
綺麗な銀髪と可愛い笑顔が特徴の、レトベールの孫娘。５歳ぐらい。ユナの絵本とクマのぬいぐるみに夢中。

▶ KUMA KUMA KUMA BEAR_VOL. 16

海あり、グルメあり、冒険あり、の充実の従業員旅行を終え、クリモニアに帰ってきたユナたち。
みんなで押し花を作ったり、くまさんの憩いのお店を手伝ったりしていると、シアとミサとはお別れの時が訪れる。
日常に戻ったユナは、以前手に入れた謎の鉱石”クマモナイト”のことを思い出し、その秘密を探るためフィナと一緒にドワーフの街へ出発！　途中で立ち寄ったエルフの村でルイミンも加わって、初めてのメンバーでのお出かけに。
さらに、ジェイドのパーティーともまたまた再会し、ドワーフの街では異世界っぽいイベントが始まりそうな予感!?

異世界クマっ娘ゆるかわ冒険物語、第16弾!!

406　クマさん、押し花を作る

「う〜、よく寝た」

わたしは背筋を伸ばす。

昨日、従業員旅行から戻ってきたわたしは、ティルミナさんの手料理をいただいた。

そして、クマハウスに帰ると、そのままお風呂にも入らずに、ベッドに倒れてしまった。早く寝たこともあって、今日は目覚めがいい。

「くまゆる、くまきゅう、おはよう」

わたしの横で丸くなって寝ていた、子熊化したくまゆるとくまきゅうに声をかける。

「「くぅ〜ん」」

くまゆるとくまきゅうは起き上がって、返事をしてくれる。

わたしはくまゆるとくまきゅうと一緒に朝風呂に入り、一日の行動を始める。


朝食をすませ、くまゆるとくまきゅうと一緒にまったりしていると、家にフィナとシュリがやってきた。

「どうしたの？」

「忘れたんですか？　今日はノア様の家へ行って、お花を、押し花？　っていうもの作るって」

　ああ、そうだった。

　そんな約束をしていたことをすっかり忘れていた。

　旅行から帰ってきた次の日ぐらいはのんびりするつもりだったけど、ミサがシーリンの街に帰るので、早めに押し花を作ることになっていた。

　わたしは腰を上げて、くまゆるとくまきゅうを送還するとノアのお屋敷に行くことにする。


　フィナとシュリを連れてノアのお屋敷に着くとララさんが出迎えてくれ、ノアの部屋に案内された。部屋にはノアとミサ、シアの3人が待っていた。

「ユナさん、待っていましたよ。フィナもシュリもいらっしゃい」

「今日はお招き、ありがとうございます」

「ありがとう」

　フィナがノアへ挨拶(あいさつ)を返すとシュリもフィナの真似をして挨拶をする。

「それでは、さっそく作りましょう」

「はい！」

「うん！」

ノアはフィナとシュリの手を取り、テーブルのほうへ引っ張っていく。

昨日の今日で、元気なことだ。その元気を少し分けてほしいものだ。

わたしはそんな元気な3人の後を歩き、テーブルの前にやってくる。テーブルの上には押し花に必要な道具や花が、すでに用意されていた。

「この花は？」

「お姉様とフィナたちには花があるのに、わたしとミサにはないので、ララに頼んでお庭にある花を少しとってきてもらいました」

「別に用意しなくても、わたしがとってきた花があるって言ったんだけどね」

「せっかく作るんです。いろいろな花があってもいいかと思います。フィナもシュリも好きな花を使っていいですからね。その代わりに、2人がとってきた花も使わせてくださいね」

「はい！」

「うん、いいよ」

フィナとシュリはノアの提案を快く承諾する。

わたしはテーブルの上に、フィナたちがタールグイで摘んできた花を出す。こちらも色とりどりの花がある。

「見たことがない花ですね」

「ノアは花に詳しいの？」

「いえ、そんなに詳しくはないです。ララが家に花を飾ったりしていますから、見たことがないと思ったぐらいです」

「わたしの家でも見たことがないですが、どの花も綺麗です」

　ミサが花を手に取る。

　貴族の2人でも見たことがないのか。まあ、地域によって咲く花は違うからね。まして、動く島、タールグイの上に咲いていた花だ。タールグイは世界中を回っているから、このあたりでは見たことがない花があってもおかしくはない。

　もしかして、花屋さんをやれば商売になるかも、と頭を過るが面倒なので、すぐに却下する。小さい女の子の夢の一つによくお花屋さんってあるけど、わたしにはそんな可愛らしい仕事は似合わない。

　なによりクマの着ぐるみの格好で、お花屋さんって。想像しただけで、笑えてくる。

「ユナお姉ちゃん、どうしたんですか？」

「うん？　なんでもないよ」

　自分が花に囲まれて働いている姿を想像したら、笑ってしまったとは言えない。フィナならお花屋さんは似合うかもしれない。お店で花に囲まれているフィナを想像してみる。可愛いエプロンをしたフィナが花の世話をする。クマの着ぐるみを着たわたしより、数十倍似合う。

　わたしがフィナのことをジッと見ていると、フィナは首を傾げる。

「それじゃ、押し花を作ろうか」

「ユナ姉ちゃん、どうやって作るの？」

「簡単だよ。やってみるから見てて」

　わたしは小さい白い花を手に取り、布の上に置く。そして、ピンセットを使って、花びらが綺麗に並ぶようにする。いい感じになったら、布をかぶせる。

「シア、アイロン取って」

「はい」

　わたしはアイロンを受け取ると、布の上からアイロンを数十秒押し付ける。アイロンを離し、花から熱が抜けるのを待って、またアイロンをかける。その作業を数回行うと、押し付けられた花が色が綺麗に残る。

　それを見たシュリは小さな手で花を手の平にのせる。

「花がぺっちゃんこになっちゃった」

「あとはこうやって、額の中に入れて飾れば、ずっと綺麗な花を見ることができるよ」

　まあ、もっと細かい手順もあった記憶があるが、概ねこんな感じだったはず。

「シア姉ちゃん。アイロン、一つしかないの？」

「3つあるよ。2人ずつに分かれて作ろう」

　そんなわけで、ノアとミサ、フィナとシュリ、わたしとシアに分かれて、押し花を作ることになった。

それぞれが気に入った花を選び、押し花にしていく。次に額に飾るように並べる。

「ユナさん、こんな風にしたらどうですか？」

「いいと思うよ」

シアは黄色や赤色の花を押し花にして飾っていく。小学生の授業で作ったきりだけど、覚えているものだ。まあ、若干間違っていたとしても、大きな失敗をしなければ問題はない。

それぞれが思い思いに花を並べていく。

乾燥剤が必要か分からないけど、シアが用意してくれたので、額の中に入れる。

そして、それぞれの作った押し花が完成する。

「う〜、やっぱり、ユナさんが一番上手です」

「そんなことないよ。ノアも上手だよ」

ノアは明るい色の花を中心に使って、少し派手な感じになっている。でも、元気さを感じる色合いだ。ノアらしいといえばノアらしい。ノアは自分の部屋に飾るそうだ。

それに対してミサの押し花は淡い色の花が中心だ。街に残っている両親にプレゼントするそうだ。

わたしはフィナとシュリのほうを見る。

シュリは大きな花を中心に選んでいた。

「お母さん喜んでくれるかな？」

「シュリが一生懸命に作ったんだから、喜んでくれるよ。フィナも上手にできたね」

「お母さんにプレゼントするのが楽しみです」

心の中でゲンツさんには誰も贈らないんだな〜と思いつつ、口には出さないでおく。

「シアはエレローラさんに？」

「お母さまはわたしより、ノアがプレゼントしたほうが喜ぶから、これはカトレアにでもプレゼントします」

「わたしがお母さまにプレゼントするんですか？」

「そのほうがお母さまも喜ぶよ。花も残っているし、作ってくれればわたしが渡すよ」

「わかりました。それじゃ、作ります。でも、お姉様も一緒に作って、2人からのプレゼントにしましょう」

「そうだね」

ノアとシアは2人でエレローラさんへプレゼントするための押し花を作り始める。

「ユナお姉ちゃん、お店にも飾っていいですか？」

フィナが尋ねてくる。

たしかに、お店に飾るのはいい考えだ。なので、わたしは了承する。

するとシュリも、ノアもミサもシアもお店に飾ってほしいと頼んできた。もちろん、それも了承した。

5人とも本当に楽しそうに作る。そんな様子をわたしは微笑ましく見る。押し花を提案してよかった。

「ユナお姉ちゃんは作らないの？」

わたしは作ってもプレゼントする相手がいない。部屋に飾ってもいいんだけど。そんな女の子らしいものはわたしには似合わないような気がする。まあ、クマのぬいぐるみを飾っている時点で似合っていないんだけど。

だけど、ぬいぐるみぐらい、女の子の部屋にあってもいいよね。

でも、このままみんなの様子を見ているだけなのも暇だ。

どうしようかと考えていると、お城にいる幼い女の子の顔が浮かぶ。

フローラ様にプレゼントしたら、喜んでもらえるかな？

「それじゃ、わたしはフローラ姫に作ることにするよ」

わたしは新しい花を手にすると、どんな押し花にするか考える。

真っ先に思いついたのはクマだけど、流石（さすが）に押し花でクマは作れない。

いろいろと考えてみるが、思いつかなかったので、普通の押し花を作ることにした。

そんな感じで、みんなで作り始めると、テーブルの上にあった花はなくなり、たくさんの作品が完成した。

407 クマさん、お店の手伝いをする

作った押し花は自分たちの部屋に飾ったり、プレゼント用にしたりする。それでも余った押し花はモリンさんのお店とアンズのお店に飾られる。

ノアたちも自分たちの手で店に飾ったりして楽しそうにしていた。

お店に飾られた押し花は意外とお客さんに好評だった。

そしてミリーラから帰ってきて数日がたち、明日ミサがシーリンに帰ることになったので、フィナたちと一緒に、くまさんの憩いの店でパンやケーキ、プリンをご馳走することになった。


開店前にお邪魔しようとお店に行くと、すでに数人のお客様が並んでいる。それだけ、うちのお店のパンやケーキを楽しみにしてくれていると思うと嬉しくなる。

わたしはノアたちを連れて、お店の裏口からキッチンに顔を出す。キッチンの中は焼きたてのパンの匂いが漂っている。わたしたちはモリンさんとカリンさんに挨拶をすると焼きたてのパンとプリン、ケーキをもらって店内の隅の席で食べることにする。

「やっぱり、美味しいです。いつでも食べることができるノアお姉様たちが羨ましいです」

「それはミサに同意ね」

ミサの言葉に王都で暮らすシアも頷く。

「でも、シアは王都のお店でプリンやケーキは食べられるでしょう」

たしかエレローラさんとゼレフさんが作ったお店が開店している。わたしはクマの置物があるから、近寄っていないけど。

「あのお店は、ここと比べて高いから、簡単に食べに行けないですよ。お母様、お小遣いそんなに多くくれないし」

貴族のお嬢様なのに、お小遣い制なんだ。

「分かります。お父様もお小遣い増やしてくれないので、毎日来ることができないんです」

ノアもお小遣い制らしい。まあ、何でもかんでも欲しいと言えば手に入ると考える子供よりはいい。

もし、願えば何でも手に入ると思っている子供がそのまま大人になったら、周りに迷惑をかける人間になる。

お小遣い制なら、その中でやりくりしようと街の物価を知ろうとすることができる。そう考えると、クリフとエレローラさんの教育はしっかりしている。

「だから、ララにおやつはここのプリンやケーキを週に1回だけお願いしています」

「ノア、それはズルいよ」

「そうです。わたしなんて食べられないのに」

ノアの言葉にシアとミサが抗議の声を上げる。

一瞬、ララさんは甘いかと思ったけど、週に1回なら許容範囲だ。流石に毎日とかだったら、ダメだけど、そのぐらいなら可愛い我が儘だ。


わたしたちがのんびり会話をしているとお店が騒がしくなり始める。

お店は開店すると、大変なことになる。初めは数人しかいなかったお客様はどんどん増え、来店するお客様が止まらない。店内の席はすぐに一杯になり、仕事をしている子供たちは忙しそうに店内を動き回る。

久しぶりの開店とアイスクリームが理由みたいだ。

2日前ほどから、アイスクリームを売り出した。

特に宣伝はしなかったが、あっという間に人の口から口へと伝わったようだ。

お店の中で働く子供たちは忙しそうに動き回っている。

「ユナお姉ちゃん、わたし手伝ってきます」

「お姉ちゃん、わたしも」

フィナとシュリの2人は自ら手伝いを申し出て、お店の奥へ向かう。わたしも手伝わないわけにはいかないよね。

「3人とも悪いけど、わたしも手伝いに行くから、3人はゆっくり食事をしていて」

わたしも席を立つと、ノアが口を開く。

「ユナさん、わたしもお手伝いします」

「ノア？」

「それなら、わたしも」

「2人が手伝うなら、わたしもやらないわけにはいかないよね」

ノアが手伝いを申し出ると、ミサとシアもそんなことを言いだす。

貴族の3人がお店を手伝うの？

普通に考えれば、断りたい。3人の気持ちは嬉しいけど、忙しいときに仕事を教える時間はない。言い方が悪いけど、逆に手間が増える。面倒を見きれないし、それに何より3人は貴族だ。仕事をやらせても良いのか迷ってしまう。

「ミルも、ここのみんなも一緒に遊んだ友達です。毎日は無理だけど、今日ぐらいは手伝いたいです」

「ノアお姉様の言うとおりです」

「皿洗いでも、なんでもしますよ」

「本当に？　それじゃ、本当に皿洗いをやってもらうからね」

結局、申し出を断ることもできず、3人にもお店を手伝ってもらうことになった。

ミサとシアの2人には言葉どおりにキッチンでお皿やコップなどの洗い物をしてもらう。普通なら貴族の2人に皿洗いしてもらうってありえないけど、それぐらいしか頼むことがない。っていうか、それしか仕事がない。パン作りを手伝ってもらうわけもいかないし、お店のメニューに詳しくないと接客も難しい。そうなると単純作業の皿洗いしかない。

それに、自分たちが皿洗いでもするって言ったからにはやってもらう。

皿洗いは大切な仕事だ。2人が皿洗いをしてくれれば、皿洗いをすることになっていた子供の手が空き、モリンさんのパン作りやネリンのケーキ作りの手伝いや、明日用のアイスクリーム作りもできる。

そして、もう一人の貴族のノアだが、ノアはミルと一緒にくまパンを作っている。前にフィナからくまパンの作り方を教わって、たまに家でもララさんとくまパンを作ったりしているらしい。くまパンは顔を丁寧に作らないといけないので、結構手間がかかる。でも、ノアは手馴れた感じでくまパンを作っていく。

流石に「くまパン作りは任せてください」って言うだけのことはある。

「ノアール様、お上手です。ノアール様の作るくまパンは、可愛(かわい)いのですぐに売り切れてしまいそうですね」

「そうだったら、嬉しいです」

ノアとミルが楽しそうに会話をしている。

その様子を羨ましそうにミサとシアが見ているが、経験がない2人に作らせるわけにはいかない。

そして、ノアとミルが作ったパンはモリンさんが確認して、ＯＫが出ると、自分の作ったパンと一緒に石窯に入れる。３つの石窯で同時にパンが焼かれる。パンの焼け具合はモリンさんの目で確認する。焼くだけなら子供たちもできるが、微妙な焼き加減はモリンさんの腕には敵わない。

「ユナちゃん、パンが焼けたから、お店のほうにお願い」

わたしの仕事はパンを運ぶことになる。本当はくまパンを作ろうと思ったけど、ノアが作っているので、わたしの仕事がなくなった。

わたしはモリンさんからパンを受け取り、店内に運ぶ。店内に行くとカリンさんの指示で子供たちが動き回っている。

「戦うクマさんのテーブルが空いたから、片付けて！」「走るクマさんのテーブルもお願い」

カリンさんが店内を見回しながら、子供たちに指示を出している。

「わたしは戦うクマさんに行く」

「僕は走るクマさんのところを片付けるよ」

返事をした２人は迷うこともなく、それぞれのテーブルに向かう。

店内ではテーブルを指定する場合、そこに置いてあるクマの置物で呼び合っている。カリンさんも子供たちも、どのテーブルにどのクマが置いてあるか全て把握している。だから、クマの置物の名前を言えば、すぐに理解する。わたしはそれを見たとき、「テーブルに番号でもつける?」と聞いたら、全て覚えたから大丈夫って言葉が返ってきた。ちなみにフィナもシュリも覚えているらしい。

「魚を咥えているクマさんもお願い」

子供たちはカリンさんの指示に従って動き回る。

レジのほうを見るとフィナがクマさんの格好をして、接客している。

「くまパンとサラダパン、それからプリンですね。こちらでお召し上がりになりますか」「ありがとうございます」「ピザは少々お待ちください」「申し訳ありません。アイスクリームは、お一人様、一つまでとなっています」

フィナは手馴れた感じで接客をしている。

「フィナ、新しいパンを持ってきたよ」

「ユナお姉ちゃん、ありがとう」

フィナはわたしが持ってきたパンを棚に並べる。そして、お客さんから注文が入ると、接客を行う。

シュリは空いたテーブルを拭いて、お客様の案内をしている。フィナとシュリが店内の手伝いに入ったので、混乱は起きていない。キッチンのほうもノアたちのおかげで回っている。

わたしはお店が落ち着いたのを確認するとアンズのお店に行くことにする。

もしかすると、アンズのお店も大変なことになっているかもしれない。

アンズのお店に着くと、こちらも混みあっていた。中に入るとアンズが悲鳴をあげていた。

「うぅ、ご飯が足りないよ。フォルネさん、ご飯は炊けていますか！」

「もうすぐ炊けるよ」

「アンズちゃん、焼き魚追加ね」

「はい、先ほどの焼き魚できました」

「あと、3種おにぎりセットと野菜炒めをお願い」

「フォルネさん、おにぎりお願いします」

「了解」

こっちのお店ではキッチンにアンズとフォルネさん、フロアにセーノさんとベトルさんがいる。そして、こちらの雑用係として、ニーフさんがヘルプに入り、どうにか頑張っていた。

「アンズ、忙しそうだけど、大丈夫？」

「ユナさん？　大丈夫です。わたしの料理を楽しみに待っていてくれたと思うと嬉しいです」

アンズは嬉しそうに答える。アンズのお店には手伝う子供たちはいない。通常なら4人で仕事が回っていた。今日のような様子は珍しい。それにアンズのお店は昼食の時間が過ぎれば、お客さんも落ち着く。こっちは大丈夫そうなので、アンズのお店を後にして、くまさんの憩いの店に戻ってくる。昼食時間も過ぎると、パンやケーキの追加は控えるので、落ち着いてくる。

「ノア、シア、ミサ、ありがとうね。助かったよ」

「パン作り楽しかったです」

「お皿しか洗っていないけどね」

「それだけでも十分に助かったよ」

「わたしもノアお姉様みたいにパンを作りたかったです」

「まあ、ノアはフィナに作り方を教わって、たまに家でも作っていたみたいだからね」

「わたしも家で練習します」

いや、練習してもお店で作ってもらうことがあるか、わからないよ。

それから、手伝ってくれたみんなへの感謝の気持ちを含めて、ちょっとした食事会を行った。

ノアが作ったくまパンは美味しかった。


そして、楽しい時間は過ぎ、ミサとグランさんはシーリンの街に帰っていった。

408 クマさん、シアの護衛をする

ミサはシーリンの街に帰り、数日後にはシアも王都に帰ることになり、その護衛をわたしがすることになった。

わたしがフローラ様に押し花をプレゼントすることを知ったシアから「それじゃ、一緒に王都に行きませんか」と言われた。断ってもよかったんだけど。シアが王都に戻ってから、すぐに王都に行けば、シアと一緒に行くのが嫌だから断ったように見える。だから、少し面倒だけど、シアと一緒に王都に行くことにした。

シアはくまゆるとくまきゅうと一緒に行けることを喜び、ノアは羨ましそうにしていた。

「わたしも一緒に王都に行きたいです」

と言っていたけど、最近はミリーラの町で遊び、ミサが帰るまで遊び、勉強が疎かになっていたので、クリフが許すわけがなかった。

わたしはシアと一緒に街の外にやってくると、くまゆるとくまきゅうを召喚する。

「ふふ、くまゆるちゃんとくまきゅうちゃんに乗って王都に帰れば、カトレアに自慢ができます」

カトレアも随分とくまゆるとくまきゅうのことを気に入っている。でも、カトレアには学園祭以来、会っていない。

「それで、どっちに乗ればいいんですか？」

くまゆるを撫でているシアが尋ねてくる。シアにはそのままくまゆるに乗ってもらい、わたしはくまきゅうに乗る。

「くまゆるちゃん、お願いね」

「くぅ～ん」

「うぅ、やっぱり、可愛い。海のときも思ったけど、乗り心地もいいし、欲しい。くまゆるちゃんとくまきゅうちゃんがいれば、クリモニアにもすぐに来られるのに」

シアが王都から乗ってきた馬はクリフのお屋敷で預かることになった。王都にいた馬も、クリモニアのお屋敷の馬も、クリフの馬だから、どっちにいても変わらないそうだ。今度王都に行くときにでも、連れて行けばいいらしい。まあ、貴族なら馬の1頭や2頭、増えても気にならないみたいだ。

「急いで行くから、落ちないでね。くまゆる、くまきゅう、お願いね」

「「くぅ～ん」」

わたしとシアを乗せたくまゆるとくまきゅうは走りだす。今さら、シアにくまゆるとくまきゅうの力を隠すこともないので、速度を上げる。ノアを護衛して王都に向かったときよりも速い。

「ユ、ユナさん、速くないですか？」

「これでも、抑えて走っているよ」

「こ、これで!?　くまゆるちゃん、大丈夫なんですか？」

「休憩を挟むから大丈夫だよ。くまゆる、くまきゅう、疲れたら言うんだよ」

「「くぅ～ん」」

と鳴くと、なぜか速度を上げるくまゆるとくまきゅう。

くまゆるとくまきゅうは、王都までの時間を短縮するため、街道を外れて道なき道を走る。

「ユナさん、街道から外れていますよ」

「大丈夫、こっちのほうが近道だから」

クマの地図のスキルで王都への方角は分かっているので、ショートカットする。

わたしたちを乗せたくまゆるとくまきゅうは草原を走り抜け、森の中を駆け抜け、橋を使わず、川の上を走る。シアは水の上を走れることを知っているので、何も問題はない。

そして、夜にはクマハウスを出して1泊することにした。

クマハウスに入るとシアはキョロキョロと部屋を見渡す。シアはクマハウスに入るのは今回で2度目になる。1度目はタールグイのときだ。あのときは慌ただしく、クマハウスの中をじっくりと見れていなかったようだ。だから、あらためてクマハウスを不思議そうに見ている。

「ノアから聞いていたけど、本当にお風呂があるんですね。しかもクマがいる」

シアは部屋の中を歩き回り、風呂を見つけて感想を漏らす。

「お風呂と食事の準備をするから、ちょっと待っててね」

「わたしも手伝います」

「お風呂はお湯を入れるだけだし、食事はアイテム袋から出すだけだから大丈夫だよ」

わたしはクマの石像の口からお湯を出す。あとはクマボックスからパンなどを出して、終了だ。

「部屋はあとで案内するから、お風呂に入ったら早めに寝るんだよ」

「普通、こんな野営はないです。くまゆるちゃんとくまきゅうちゃんは凄く速いし。こんな家が入るアイテム袋を持っているし。ユナさん、便利すぎです。普通は夜空の下で毛布を巻いて寝るんですよ。もちろん、お風呂なんてないです。ユナさんに護衛をしてもらったら、他の人に頼めなくなります」

シアは子熊化したくまゆるを抱きながら、そんなことを言う。

クマハウスもそうだけど、これだけの大きさのクマハウスが入るクマボックスが一番凄いんだと思う。大きな魔物も入るし、本当に便利なクマさんパペットだ。

そして、シアは食事をすませるとわたしに声をかける。

「ユナさん、一緒にお風呂に入りませんか。お風呂も広いから一緒に入れますよね？」

「片付けもあるから、わたしは後でいいよ」

わたしはシアの誘いを丁重にお断りする。

同じ年齢のシアとお風呂に入るのは精神的ダメージを食らう。

わたしはチラッとシアの胸を見る。間違いなく、わたしより大きい。

ミリーラの町では、フィナやノアたちとお風呂に入ったから気にならなかったが、シアと2人で入れば絶対に気になってしまう。

もし、比べでもされたら、枕を涙で濡らすかもしれない。

半年か1年後には追い越しているはずだから、それまでは我慢だ。

「くまゆるも疲れていると思うから、くまゆると一緒に入ってあげて」

わたしはくまゆるを犠牲にして逃げる。

「それじゃ、くまゆるちゃんと入ってきますね」

シアはわたしの思惑を知らずにくまゆるを連れて風呂に向かう。そして、片付けを終えたわたしはシアがお風呂から上がると寝室に案内する。

「明日は早く出発するからね。くまゆる、シアが寝坊したら、起こしてあげてね」

「くまゆるちゃん、お願いね」

「くぅ～ん」

わたしはくまきゅうとお風呂に入り、くまきゅうと一緒に眠りにつく。

ぺちぺち、ぺちぺち。

翌朝、くまきゅうが起こしてくれる。わたしはお礼を言って起き上がり、朝食の準備をしに行く。

「ユナさん、くまゆるちゃんの起こし方が酷いです」

朝食の準備をしていると、お腹を擦りながら、シアがやってくる。

「それはシアがすぐに起きないからだよ」

話を聞くとくまゆると遅くまでおしゃべりをしていたらしい。おしゃべりって、くまゆるは話せないでしょう。ペットに話しかけるみたいなものかな。まあ、わたしもくまゆるとくまきゅうには話しかけるから人のことは言えないんだけど。

それで、朝起きるのが辛くなったようで。くまゆるの優しいクマパンチでも起きず、最終的にはお腹にボディプレスを食らったらしい。

わたしはシアを起こしてくれたくまゆるを褒めてあげる。

「でも、起きるのが早くないですか？」

「クマハウスを見られたくないから、早く出発するためだよ」

一応、街道から離れているとはいえ、もしもの場合がある。

わたしたちは朝食を食べると王都に向けて出発する。今日も近道を通り、昼過ぎには王都に到着する。

「信じられないです。こんなに早く着くなんて」

「ほら、行くよ」

くまゆるとくまきゅうを送還したわたしは王都の門に向かう。門兵に変な目で見られたけど、気にしないで王都の中に入り、シアを家まで送り届ける。

「それじゃ、またね」

「ユナさん、お母様に会っていかないんですか？」

「う～ん、これからフローラ様に会いにお城に行くから、そこで会えると思うから」

城に入ればかなりの高い確率でエレローラさんがやってくる。

「それじゃ、もしお母様に会えましたら、わたしが帰ってきたことを伝えておいてもらえますか？」

「了解」

わたしはシアと別れるとお城に向かう。

いつも通りに城の門を通る。門兵には「すぐに帰るから、国王には伝えないでいいよ」と言ったが「そうはいきません」と告げ、兵士は駆けだしていった。

フローラ様の部屋に到着して、ドアをノックをする。もちろん、クマさん手袋は外している。

ドアが開くと、フローラ様のお世話係のアンジュさんが顔を出す。

「これはユナさん、いらっしゃいませ」

アンジュさんは笑顔で部屋に招き入れてくれる。

部屋に入ると、フローラ様がペンを持って紙に何か書いている姿がある。

「フローラ様、ユナさんが来てくださいましたよ」

「くまさん！」

わたしを見るとパッと笑顔になる。この笑顔を見るために、フローラ様に会いに来たくなる。

「フローラ様は何をしていたんですか？」

「くまさんをかいていたよ」

フローラ様は紙を持ち上げてわたしに見せてくれる。

そこには黒い動物らしき絵が描かれていた。どうやら、黒い動物はくまさんらしい。子供らしい可愛い絵だ。

流石（さすが）に将来は画家にはならないと思うけど、幼いときから絵心があるのは良いことだ。感受性を育てるからね。

「今回もユナさんの絵が上手に描けていますね」

「うん！」

「えっ」

ちょっと待って、今、聞き捨てならない言葉が聞こえたんだけど。もしかして、その黒い動物って、わたしなの？　たしかに「くまさん」って言っていたけど。どっから見ても黒い動物だ。百歩譲ってクマなのはいい。でも、それがわたしなの？

「この黒いクマさんはわたしなのかな？」

「うん！」

フローラ様が純粋な眼差しで肯定する。

小さい女の子が描いた絵なら、こんなものだと思う。でも、せめて人って分かるぐらいにはしてほしい。


それから、フローラ様に押し花をプレゼントする。

「くまさん、ありがとう！」

「それではお部屋に飾っておきますね」

アンジュさんは額に入った押し花を受け取ると、壁に飾ってくれる。

「くまさん、これあげる」

フローラ様は先ほど描いていた黒い動物（わたし）の絵を笑顔で差し出す。もちろん、わたしの返答は決まっている。

「ありがとう。大切にするね」

わたしが受け取ると、フローラ様は嬉しそうにする。フローラ様が描いてくれた絵だ。大事に取っておいて、数年後にフローラ様に見せてあげるのもいいかもしれない。

それから、フローラ様と一緒にお絵描きをしていると、いつもより遅いタイミングでエレローラさんがやってくる。でも、部屋に入ってきたのはエレローラさん一人だ。国王や王妃様の姿がない。

わたしはシアに頼まれていたので、エレローラさんにシアが帰っていることを伝える。

「護衛をしてくれたのね。ありがとうね。あの子も楽しんでいたかしら？」

「楽しんでいましたよ。まさか、シアが来るとは思っていませんでしたよ」

シアがルリーナさんと現れたときは驚いた。

「ノアが海に行く話を聞いたシアが行きたがったからね。それで、何をしているのかしら？」

エレローラさんがテーブルを見る。テーブルの上には紙とペンがあり、紙にはクマの絵が描かれている。

「相変わらず、ユナちゃんは絵が上手ね」

わたしが描いたクマの絵を見てそんな感想を漏らす。少しでもフローラ様の画力が上がればと思って、教えていた。

「わたしは？」

「フローラ様もお上手ですよ。これはユナちゃんですね」

わたしの横にある絵を見て答える。それは先ほど、わたしがフローラ様からもらった絵だ。

なんで、その黒い動物の絵がわたしだって分かるの？

もしかして、わたしって、他人から見るとこんな風に見えるの？
クマさん、落ち込むよ。

409 クマさん、2人のお姫様とアイスを食べる

「そういえば、国王と王妃様は来ないの？」

いつもなら、呼んでもいないのにやってくる。門兵も走っていったから、わたしが来ていることは知っているはずだ。部屋に来ても、おかしくはない。

「王妃様は分からないけど、国王陛下は仕事で来ないわよ。それで国王陛下からの伝言、美味しいものがあったら、取っておくようにだって」

あの国王は……わたしが来れば食べ物を持ってくると勘違いしていない？

たとえあったとしても、フローラ様に持ってきているのであって、おっさんのために持ってきているわけじゃない。

「たべもの？」

フローラ様が食べ物って言葉に反応してしまった。これも、あの国王のせいだ。フローラ様は目を大きくして、楽しみにしている。

うぅ、なにか食べ物あったっけ？

少し考えて、アイスクリームがあったことを思い出す。

「冷たいお菓子だけど食べる？」

自分はクマの着ぐるみのせいで、気温の変化に気付きにくい。暑いことに気付けば、アイスクリームのことがすぐに頭に浮かんだのに、クマの着ぐるみのおかげでアイスクリームが頭に浮かばなかった。フローラ様をあらためて見れば、薄手の可愛い服を着ている。

「つめたいおかし？　おいしいの？」

「冷たくて美味しいよ」

「たべる！」

わたしはクマボックスから、アイスクリームが入ったカップとスプーンを取り出す。

「あら、ユナちゃん。新しい食べ物？」

「海に行ったときに暑いと思って、冷たいお菓子を作ったんですよ」

「もちろん、わたしの分もあるのよね」

やっぱり食べるんですね。わたしはエレローラさんの分と他に5つのアイスクリームをテーブルの上に出す。

「アンジュさん、この3つはゼレフさんと国王と王妃様の分で、この2つはアンジュさんと娘さんの分です」

「娘の分まで、いいのですか？」

「クマのぬいぐるみを大切にしてくれているんでしょう？」

「はい。いつも、一緒に寝ています」

「それじゃ、クマさんからのプレゼントってことで」

「ありがとうございます」

アンジュさんは嬉しそうにする。

「暑いと溶けてしまって美味しくなくなるので、冷凍庫で保存してもらえますか？」

「わかりました。それでは、急いで冷凍庫にしまってきます」

アンジュさんはアイスクリームを持って部屋から出ていく。なにか、忘れているような気がするけど、気のせいだよね。

「それじゃ、食べようか」

フローラ様とエレローラさんはアイスクリームを食べ始める。

「あら、冷たくて美味しいわね」

「うん、おいしい」

「それに口の中で溶ける感じも不思議」

フローラ様とエレローラさんは満面の笑みでアイスクリームを食べる。

2人を見ていたら、わたしもアイスクリームを食べたくなったので、自分の分も出して食べる。

うん、美味しい。

3人でアイスクリームを食べていると、ノックもされずにドアが開いた。もしかして、国王か王妃様かと思ったら、どちらも違った。

「本当にユナが来てる」

部屋に入ってきたのはフローラ様の姉である、この国の第一王女のティリアだった。

学園祭を一緒に楽しんだのに、すっかり忘れていた。今度、お城に来るようなことがあれば、呼んだり、食べ物を用意してあげるって、約束したっけ？

だから、さっきアイスクリームを取り出したとき、何か忘れているような感覚になったんだ。

「お城の中を歩いていたら、『クマが来た』『クマが歩いていた』って聞こえてきたから、もしかしてと思ったら、本当にユナがフローラの部屋に来ているんだもん」

ティリアは文句を言いながら、わたしたちのところにやってくる。

「そしてまた、わたしをのけ者にして、なにか食べているし。どうして、エレローラは呼んで、わたしは呼んでくれないの！」

そんなことを言われても困る。そもそもエレローラさんは呼んでいない。国王も王妃様も呼んでいない。みんな、勝手にやってくるのだ。わたしが呼んだことは一度もない。

「おねえさま、おこってる？」

「怒ってないよ。フローラ、それ美味しい？」

「うん、つめたくて、おいしいよ」

満面の笑顔で答える。その表情を見たティリアの発する言葉は、容易に想像ができた。

「わたしも食べたい」

想像どおりの言葉が口から出てくる。

ここで冷凍庫にティリアの分を用意してなかったことが知られたら、次回来たときに騒がれる。ここは誤魔化すため、初めから準備がしてあったようにティリアにアイスクリームを出してあげる。

わたしの心を知らないティリアは椅子に座り、アイスクリームを食べ始める。

どうやら気付かれずにすんだみたいだ。

「冷たくて美味しい。かき氷も冷たくて美味しいけど。これは違うわね」

かき氷はあくまで、削った氷に味があるシロップなどをかけているだけだ。アイスクリームとはまったく別のものだ。

「これなら、かき氷よりたくさん食べられそう」

「お腹を壊すよ」

アイスクリームの食べ過ぎはよくない。もちろん、かき氷もだけど。

「でも、わたしが学園に行っているとき、いつもみんなでこんなに美味しいものを食べていたのね」

「一応、訂正だけはしておくけど、わたしはフローラ様に持ってきているだけで、他の人は勝手に来ているだけだからね。わたしは呼んでもいないからね」

「それにしては、毎回みんなの分を用意しているわね」

「多く作っているだけで、決して、エレローラさんのためじゃないですよ」

「そんな意地悪、言わなくてもいいでしょう。みんな、ユナちゃんが持ってくる食べ物を楽しみにしているんだから」

いつも、食べ物を持ってくる身になってほしい。

そんなに毎回、新しい食べ物なんて用意できないよ。


それから、アイスクリームを食べ終わっても、フローラ様はまだ食べたそうにしていた。でも、一日に何個も食べるのはよくない。なので、部屋に戻ってきたアンジュさんに「明日以降にフローラ様に食べさせてあげて」と言ってアイスクリームを多めに渡す。そのせいで、アンジュさんを再度冷凍庫に行かせることになってしまった。

もちろん、それを見ていたティリアとエレローラさんの分も、数日分用意する羽目になった。

ネリンがお店で作っているけど、先日のアイスクリームの人気ぶりを見ると、流石にもらいにくい。

自分で作らないとダメかな。

アイスクリームを食べ終わったわたしたちは、お絵かきの続きを始める。それを見ていたティリアが口を開く。

「これはユナね。本当にフローラはユナが好きなのね」

だから、どうして、その黒い動物がわたしって分かるの！　わたしは心の中で叫ぶ。絵を教える人はいないの？　王族なら芸術の勉強もあるよね？

「たまには姉であるわたしも描いてほしいな」

「おねえさまを？　うん、いいよ」

フローラ様はティリアの絵を描き始める。

珍しく国王と王妃様が来なかったので、平和な時間をフローラ様と過ごすことができた。

「それじゃ、フローラ様、また来ますね」

「うん」

「できれば、わたしがいるときに来てね」

ティリアが無理難題を言う。

学園が始まれば、休みのほうが少ない。会える確率は低くなる。

だから、わたしはこう答える。

「善処するよ」

今日はそのままクリモニアに帰ろうと思ったが、エレローラさんに引き止められる。シアを送ってきたお礼として、夕食に誘われ、エレローラさんの家に泊まることになった。

食事のときには海でのことをいろいろと聞かれ、シアがノアから預かった押し花をエレローラさんにプレゼントすると喜んでいた。


翌日の朝。

家の前でシアとエレローラさんに見送られる。

「ユナさん、王都に来たら、家に寄ってくださいね」

「ノアとクリフによろしくね」

シアとエレローラさんと別れたわたしは、クマハウスには向かわずに違う方向へ歩きだす。ターグイでワイバーンと戦ったときにミスリルナイフを使った。その前にはピラミッドでスコルピオンと戦ったときにも使った。せっかく王都に来たので、ナイフのメンテナンスをガザルさんにしてもらうため、鍛冶屋に向かう。

いつもの視線を向けられたり、「クマだ」って言葉を聞きながら、ガザルさんのお店にやってくる。お店の中に入ると、すぐにアイアンゴーレムが出迎えてくれる。ちゃんと溶かされずに立っている。看板犬でなく、看板ゴーレムってところだ。

アイアンゴーレムに軽く触れてから、店の奥に進む。まだ、時間が早いせいかお客さんの姿はない。奥からはカーン、カーンと鉄を叩く音が聞こえてくる。

「ガザルさん、いますか〜」

わたしはお店の奥に行きながら、ガザルさんを呼ぶ。すると、鉄を叩く音が止まる。

「少し待ってくれ」

そう、返事が返ってくると、再度、鉄を叩く音が始まる。そして、わたしがお店の中をうろついていると、鉄を叩く音が止まり、ガザルさんがやってくる。

「クマの嬢ちゃんか。すまなかった。ちょっと手が離せなかった。それで、今日はどうした？」

「ちょっと、王都に来る用があったから、ナイフのメンテナンスをお願いしようと思って。せっかく、無料で見てくれるって言っていたからね」

わたしは無料ってところを強調する。

アイアンゴーレムをプレゼントしたら、メンテナンスは無料にしてくれるとガザルさんは言った。

「そんなに強調して言わなくても、ナイフぐらいメンテナンスしてやる」

「そう言えば、ガザルさんって、お店を一人でやっているの？」

一人で作りながら店番もするのは大変だと思う。クリモニアのゴルドさんにはネルトさんがいるけど、ガザルさんにはいないのかな？　ドワーフって、女性は若く見えるけど、男性はみんな小さなおじさんって感じで、年齢がいまいちわからない。

「まあ、今は一人だ」

なにか、口ごもるガザルさん。わたしも深く尋ねたりはしない。ふと疑問に思っただけだから、深くは聞かないでおく。

「ほら、見てやるから、ナイフを出せ」

わたしはクマボックスからミスリルナイフを2本取り出して、ガザルさんに渡す。ガザルさんはナイフを鞘から抜き取り、じっと見つめる。

「特に問題はないようだな。ちゃんと、手入れもされている。一応、メンテナンスはしておく。それでいったい何を斬ったんだ？」

「…………」

「ゴブリンか、ウルフか？」

「……言わないとダメ？」

ワイバーンとか言ったら驚かれるよね。

「別に言いたくなければ、言わないで構わない。ただ、武器を作った職人としては何を斬ったかを知りたいだけだ。弱い魔物と戦ってなったのか、強い魔物と戦ってなったのか。または、武器同士の打ち合いなのか。そうやって、武器を見て、次回はこうしよう。今度はああやろうと考えたりする。だから、あくまで武器を作った職人として知りたいだけだ」

そう言われると、嘘が吐けなくなるし、黙っているのも忍びなくなる。

「誰にも言わないって、約束してくれるなら」

「他言はしない。さっきも言ったが自分の作った武器が、どのように扱われて、何を斬って、現状の状態にあるのか知りたいだけだ」

わたしは正直に話すことにする。

「えっと、ワイバーン」

「…………」

「その前は大きなスコルピオンも斬ったかな？」

「…………」

わたしの言葉にガザルさんは持っているナイフとわたしを見比べる。

「冗談じゃないんだな」

「凄(すご)い切れ味で、スパッと斬れたよ。ワイバーンの翼とか首とか……」

なぜか、言い訳するようになってしまう。

「それにしてもワイバーンを斬ったのか。本当に嬢ちゃんには驚かされるばかりだ。あと、大きなスコルピオンって、ちょっと前に冒険者が甲殻の一部を持ってきて、騒ぎになっていたな」

何かを思い出すように言う。

もしかして、大きなスコルピオンの甲殻ってジェイドさんたちのこと？

「もしかして、そのスコルピオンの甲殻はお前さんと関係があるのか？」

「たぶん。でも、そんなに騒ぎになっているの？」

ここで嘘を吐いてもしかたないので、素直に尋ねる。

「うちは金属がメインだから、魔物の皮や素材で防具を作っている知り合いから話を聞いた程度だ。甲殻の一部なのにかなりの大きさがあって、その界隈では話題になっていた」

「うぅぅ、そんなことが……」

「一部しかなかったから、他の部分はどこにあるのか、その冒険者が持っているのか。他の誰かが持っているのか、ちょっとした騒ぎになったみたいだな。スコルピオンの甲殻を持っていた冒険者たちに尋ねたらしいが、詳しいことは聞けなかったらしい」

どうやら、ジェイドさん及び他の冒険者も約束を守って、わたしのことは黙っていてくれたみたいだ。

「まさか、おまえさんが関わっていたとはな」

「たまたま戦う羽目になっただけだよ。好きで倒しに行ったわけじゃないよ。それで、一緒に行動した冒険者に口止め料ってことで……」

「だから、冒険者は手に入れた理由や他の部位については黙っていたわけか」

ガザルさんは納得したようで頷（うなず）いている。

「それにしても、巨大なスコルピオンのことでも驚きなのに、ワイバーンか」

「そっちも、たまたま戦う羽目になっただけ」

フィナたちを守るためと、ミリーラの町に行かせないために戦った。自分から倒しに行ったわけじゃない。

「とりあえず、話は分かった。ちょっと、奥で手入れをしてくるから、待っておれ」

ガザルさんはミスリルナイフを持って奥に行く。

それにしても、スコルピオンの件がそんな騒ぎになっていたとは思いもしなかった。これじゃ、残りのスコルピオンの素材も簡単に売ったりはできそうもないね。

まあ、そのときはクリフや国王に引き取ってもらえばいいだけだ。

410 クマさん、大きな卵でプリンを作る

「終わったぞ」

メンテナンスをしてくれたガザルさんはミスリルナイフを返してくれる。

「ワイバーンや大型スコルピオンと戦ったそうだが、なんともない。嬢ちゃんの使い方がいいみたいだな」

褒めてくれているようで嬉しくなる。まあ、下手な使い方をして刃こぼれをさせたり、折ったりしたら、ミスリルナイフを作ってくれたガザルさんに悪い。

だけど、武器も消耗品だ。いつかは壊れたり、使い物にならなくなるときがくる。でも、ちゃんと使っていれば、許してくれるはずだ。

「そういえば、鉱山で手に入れた鉱石を調べると言っていたが、ドワーフの街には行ったのか？」

一瞬、なんのことを言っているのか分からなかったけど、すぐに思い出す。

ミスリルを手に入れるときに、ゴーレムを倒した。そのときにクマモナイトというふざけた名前の鉱石を手に入れた。ガザルさんに見てもらったが、残念ながら詳細は分からなかった。

それで、ガザルさんにドワーフの街に行けば、何か分かるかもと言われていた。

だけど、クマモナイトって名前、絶対にわたし専用のアイテムだ。だから、心の中で「鉱石に詳しいドワーフでも、知らないだろう」って気持ちがあって、保留にしていた。

それにクマモナイトを手に入れてから、ミサの誕生会に行ったり、エルフの森に行ったり、学園祭に参加したり、砂漠に行ったり、海に行ったりして、忙しかった。クマモナイトはクマボックスに入れたまま放置状態になっていた。

「いろいろあって、まだ行けていないよ」

まあ、すっかり忘れていたともいう。

あらためて自分の行動を顧みると、元引きこもりにしては動いているね。

でも、今なら時間があるし、クマモナイトのことが分からなくても、ドワーフの街に行ってもいいかもしれない。

わたしは何気なく、クマモナイトをクマボックスから取り出す。

あれ？　こんな色だっけ？

わたしの記憶によると少し変わった丸い鉱石だった。それが真っ白になっている。もう一つも取り出すと、こちらも真っ白だ。

絶対にこんな色じゃなかったよね。

スキルで確認してみる。

　クマモナイト、謎の鉱石。

　名前も説明も変わっていないが、クマモナイトで間違いないらしい。

「前と違うようだが」

「うん、あれから、一度もアイテム袋から出していなかったけど、前に手に入れた鉱石だよ」

　ガザルさんはクマモナイトを手に取る。

「不思議な石だな」

　わたしはガザルさんほどの驚きはない。だって、クマモナイトだもん。なにが起きても驚かない。

「割って、確かめたくなるな」

「割るのは、最終手段かな。ちょっと、この石は気になるところがあって、割ったり、粉々にしたりはできないんだよね」

　クマモナイトはおそらく珍しい鉱石だ。二度と手に入らない可能性が高い。破壊して、使い物にならなくなるのは困る。

「たしかにそうだな。そうなると、やっぱり師匠じゃないと分からないかもしれないな」

　そういえば、ドワーフの街にはガザルさんとゴルドさんの師匠がいるって言っていたっけ？

「師匠は、昔は世界中を旅して、いろいろな鉱石を見てきたと言っていた。だから、知っている可能性はある」

そんな人なら、一度会ってみるのもいいかもしれない。クマモナイトのことは分からなくても、何かしら情報を手に入れられるかもしれない。

でも、せっかくクマモナイトを手に入れたんだから、解明したい気持ちもある。それがゲーマーの性（さが）だ。

それに、今は暇だし。

「もし、ドワーフの街に行くことがあったら、師匠によろしく言っておいてくれ」

わたしはガザルさんの師匠の名前を聞き、お店を後にして、クマハウスに帰ってくる。


このままクリモニアに帰ると怪しまれるので、時間を潰（つぶ）してから帰ることにする。

その時間潰しが王都のクマハウスの掃除だ。

でも、一人でやるのは寂しいので、子熊化したくまゆるとくまきゅうを召喚する。

「2人とも、掃除を手伝って」

「「くぅ〜ん」」

わたしはくまゆるとくまきゅうに雑巾を渡して、床掃除を頼む。

くまゆるとくまきゅうはゴロゴロと転がったり、雑巾を持って、床を拭（ふ）いてくれる。

床はくまゆるとくまきゅうに任せて、わたしは布団を集める。そして、エルフの村の神聖樹にあるクマハウスの外に干す。神聖樹のところなら、誰かに見られることもない。神聖樹の結界の中に入れるのはルイミンたちぐらいだ。

わたしはミリーラの町のクマビルや旅用で使った布団などをかき集めて、干しまくる。クマボックスがあるから、回収するのも簡単だ。クマボックスがなかったら、一つずつ運ばなければならなかった。本当に便利だね。

エルフの村もいい天気で、洗濯日和だ。全てのクマハウスから洗濯物を集め、洗濯をして干す。

わたしは洗濯も掃除も終えると、くまゆるとくまきゅうを連れて神聖樹の下に向かう。そして、わたしはくまゆるとくまきゅうを元の大きさに戻すと、ベッド代わりにして、昼寝をする。

そして、夕方になる頃、目を覚まし、慌てて、布団や洗濯物を片付けることになった。

クリモニアに戻ってきたわたしは、次の休みのときに、カリンさん、ネリンにフィナにシュリ、それから、「クマさんの憩いのお店」で働く子供たちにお店に集まるようにお願いする。

ドワーフの街に行く前に、前からやろうと思っていたことをする。

「ユナお姉ちゃん。みんなを集めていったいなにをするんですか？」

「ちょっと、珍しい卵が手に入ったから、みんなでプリンを作ろうと思ってね」

「珍しい卵ですか?」

「ジャジャーン」

わたしは声と一緒にクマボックスから大きな卵を出す。

デゼルトの街で手に入れた、大きなカルガモの卵だ。

「…………」

「…………」

「…………」

あれ、大きな卵を見ても、子供たちの反応が薄い。

でも、普通の卵が珍しかったんだから、そんなことはないよね?

「もしかして、大きな卵って珍しくない?」

「これ、卵なの?」

「え〜、嘘だ〜。こんな大きな卵なんてないよ〜」

「きっと、大きなコケッコウがいるんだよ」

「おまえ、知らないの。ドラゴンの卵だよ。ドラゴンは大きいっていうからドラゴンの卵だよ」

「ドラゴンなんて見たことがないよ」

子供たちはカルガモの卵を見ていろいろなことを言いだす。

でも、ドラゴンってワイバーンのことかな？　それともゲームみたいな、火龍とか凶暴なドラゴンでもいるのかな？

「ユナお姉ちゃん。これ本当に卵なんですか？」

「凄く、大きい」

フィナはカルガモの卵を不思議そうに見て、シュリは指で卵を突っつく。

「ドラゴンでもなければ大きなコケッコウの卵でもないよ。湖で泳ぐ大きな鳥の卵だよ」

「大きな鳥さん？」

「う～ん、このぐらいあったかな？」

わたしは手を広げて、鳥の大きさを表現する。

「そんな大きな鳥さんがいるの？」

「それじゃ、この卵を温めると、大きな鳥さんが生まれるの？」

「う～ん、親鳥がいないから無理かな？　それに湖みたいな大きな水がある場所じゃないと育てるのは無理だと思うよ」

「ユナお姉ちゃん、触ってもいい？」

「わたしも」

「いいけど。重いから気をつけてね」

子供たちは恐る恐る卵に触り、持ったりする。

「重い、それに大きい」

「本当に重い」

「次、ぼく」

「わたしも持ちたい」

子供たちは代わりばんこに大きな卵を持つ。

子供たちの小さな手で大きな卵を持つと、落とさないか心配になる。

「順番だよ。慌てなくても逃げたりはしないから。卵が割れたら、大変だから、気をつけてね」

まあ、フィナとシュリを入れても8人。卵は2つあるから、それほど取り合いになったりはしない。

「ユナさん、本当に卵なんですか？」

カリンさんが子供たちが持っている卵を見ながら尋ねてくる。

「卵だよ」

「そんな、大きな鳥がいるんですね」

「子供なら、その背中に乗ったりできるみたいだよ」

「それじゃ、鳥に乗って空を飛べるんですか？」

カリンさんの横にいるネリンが目を輝かせながら、尋ねてくる。

「う～ん、乗ったら羽が広がらないから、無理だと思うよ」

またがったら翼が広げられない。

でも、首元なら平気なのかな？

「残念です」

ネリンとカリンさんは残念そうにする。

どうやら、空を飛びたかったらしい。

「それじゃ、この卵でプリンを作るから、みんなも手伝ってくれる？」

「は～い」

「うん」

卵がテーブルの上に戻ってくる。

「でも、どうやって卵割るの？」

「大きいよ」

「つかめないよ」

普通のコケッコウの卵のようにトントンと叩いて、割ることはできない。

「それに硬いよ」

コケッコウの卵より、間違いなく硬い。

ダチョウの卵を割るときはトンカチなどの硬い物で叩いて、穴をあけて、中身を取り出すのをテレビやネットで見たことがある。だから、わたしは前もって用意していたトンカチをクマボックスから取り出す。

「これを使うよ」

「トンカチで割るの？」

「穴をあける、が正解かな。わたしも初めてだから、やり方が合っているかどうかわからないけど」

この世界に違う方法が存在するかもしれないが、知らないので、トンカチで穴をあけることにする。

クマさんパペットの口にトンカチが咥えられる。そして、コンコンと軽く叩くが割れない。もう少し力を込めて叩くと、卵にひびが入る。

「割れた？」

「もう少しだね」

もう一度軽く叩くと穴があく。

「中身を入れるボウルを持ってきて」

「はい」

ボウルを受け取ると、穴から卵の中身を取り出す。でも、上手に取り出すことはできず、黄身が崩れた状態になってしまった。

「ああ、黄身がくずれちゃった」

子供たちは黄身が潰れてしまったため、残念そうにする。

うーん、あとで他の子供たちに卵を見せてあげようと思って、穴を小さくしたのが失敗だったみたいだ。

今度は穴を大きくして、黄身も綺麗な状態で取り出すと、子供たちから歓声があがる。

「大きい」

「これが、大きな鳥さんになるんだね」

「大きな鳥さん、見たかったな」

見せてあげたいけど、連れていくことはできないから無理かな。鳥をクマの転移門で連れてくることはできるけど、育てるわけにもいかないし。

あと食用になるけど、なんだかな～って感じになる。

「それじゃ、かき回すよ」

わたしが黄身を潰すと「あ～」「潰れちゃった」と残念がる言葉が出てくる。

結局はかき回すから黄身が綺麗に取れても結果は同じだ。

こうしないとプリンは作れないから、しかたない。

「ほら、手伝ってくれるんでしょう？　卵をかき回して。それから、道具やカップの用意も忘れないでね」

わたしたちは手分けをして、カルガモの卵でプリン作りを始める。

一般的にダチョウの卵は鶏の卵の約20倍ぐらいあると聞いたことがある。卵1個からプリンは2個作れるので、ダチョウの卵サイズのカルガモの大きな卵は2個あるから、80個作れることになる。

あくまで、単純計算だ。でも、多少増減しても孤児院の子供たちや関係者に配る数は余裕で作ることはできると思う。

そして、みんなの協力のもと、大量のプリンが完成した。試食してみたが、濃厚でコケッコウとは違った味のプリンだった。

カルガモの卵で作ったプリンは、孤児院やアンズやノアのところに行って配った。プリンの味にも驚いていたが、一緒に持っていったカルガモの卵の殻を見るとさらに驚いていた。

今度、コケッコウのプリンを持ってカリーナのところに行こうかな。

411 クマさん、ティルミナさんに秘密を話す

大きな卵のプリン作りも無事に終わり、ドワーフの街に行こうと思っているが、もう一つ気になっていることがある。それはタールグイだ。

そんなわけで、今日はフィナを誘って、タールグイに行くことにする。

早朝、フィナの家に行き、フィナを誘う。

「今日も、お姉ちゃんだけ？」

フィナを誘ったら、シュリが寂しそうな表情で口を開く。たしかに、いつもフィナだけを連れて、シュリには留守番をさせることが多い。シュリの目にはいつも2人で遊びに行っているように見えているのかもしれない。

「わたしも一緒に行きたい」

そんな悲しそうな目で見ないでほしい。くまゆるとくまきゅうに乗ってお出かけするなら、一緒に誘うんだけど。今回はクマの転移門を使ってタールグイの島に行く予定だ。シュリを連れていくとなると、クマの転移門のことを教えることになる。

う〜ん、どうしよう。

「ダメなの？」

シュリは悲しそうな表情で下を向いてしまう。そんなシュリをフィナが優しく抱きしめる。

「ユナお姉ちゃん、今日はシュリと一緒に残るよ」

「お姉ちゃん……」

仲の良い姉妹を離れ離れにするのもかわいそうだし、シュリは前回のタールグイのことも誰にも話さないでくれた。シュリは言いふらしたりする子じゃない。わたしは決める。

「……分かった。シュリも一緒に行こう。でも、約束があるよ」

「約束？」

「うん、行くためには秘密があるからね。ティルミナさんやゲンツさんにも内緒にしてほしいの」

クマの転移門のことを話すなら、口止めは必要だ。

「お母さんにも？」

「うん、お母さんにもお父さんにも内緒」

わたしはクマさんパペットを口に当てて、黙っていてねのポーズをする。そんなわたしに話しかけてくる人物がいた。

「あら、面白い話をしているわね」

「………」

後ろから、聞こえてはいけない人の声が聞こえてきた。ゆっくりと振り返るとティルミナさんの姿があった。

「ユナちゃん。なにが、わたしにも内緒なのかしら」

ティルミナさんが笑顔でわたしを見る。

「…………」

人間、驚くと声が出ないと聞くけど、本当に出なかった。

「お母さん、えっと……これは……」

フィナが説明しようとするが、言葉が出ずに口ごもってしまう。

「どうして、ティルミナさんが？　仕事は？」

「今日はリズさんに任せて、家の庭の手入れをしていたのよ。そしたら、ユナちゃんが家に来た程度に思っていたんだけど。話を聞いていたら、わたしに内緒で出かけるって言葉が聞こえてきたから、母親としては聞き捨てならなくて、出てきたわけ」

孤児院のコケッコウの卵の仕事に行ったと思っていたら、庭にいたとは。

たしかに小さい娘を持つ親としては、内緒で出かけるって聞いたら心配になるのはしかたない。

「別にユナちゃんとお出かけするのはいいのよ。でも、内緒って言葉は親としては気になるからね。もしかして、ユナちゃん。娘たちに悪いことをさせているわけじゃないわよね？」

ティルミナさんは親として、真剣な目で尋ねてくる。

「悪いことはしてないよ」

「それじゃ、どうして、わたしとゲンツには内緒なのかしら？」

「ティルミナさんとゲンツさんだけじゃなくて、誰にも内緒って意味だよ」

クマの転移門については、簡単に教えるわけにはいかない。

後々、面倒になる。

「ユナちゃんのことは信用しているけど、わたしにも話せないことなの？」

「………………」

ティルミナさんに転移門のことを話すか考えるが、考える時間を与えてくれない。

「フィナ、本当に悪いことはしていないのね？」

「うん、していないよ」

「それじゃ、話せるわよね」

ティルミナさんはジッとフィナの目を見る。

「それは……」

フィナはわたしとの約束を守るためと、母親に問い詰められて、板挟みになってしまう。フィナはわたしとティルミナさんを交互に見ると、下を向いてしまう。

「フィナ……」

このままじゃ、親子の間に溝ができてしまう。

「ティルミナさん、そんなにフィナを問い詰めないであげて。わたしの秘密に関わることだから、フィナには黙っているようにお願いをしたの。フィナはわたしとの約束を守ってくれているんだよ」

「ユナちゃんの秘密……？」

「ちょっと、人に知られると困ることだから」

ティルミナさんがジッとわたしとフィナのことを見る。

「……はぁ、分かったわ。フィナもそんな顔をしないで、お母さんが悪かったわ。フィナはユナちゃんの秘密を守ろうとしたのね」

ティルミナさんは優しく微笑むとフィナの頭の上に手を置く。

「お母さん……」

「ユナちゃん、本当に悪いことや危険なことじゃないのね？」

「それは神（クマ）に誓って」

でも、これ以上フィナにティルミナさんに秘密にさせるのは気が引ける。わたしは覚悟を決める。

「ティルミナさん、説明しますから、今からわたしの家に来てくれますか？」

「ユナお姉ちゃん!?」

フィナが驚いた表情をする。もう、黙っているわけにはいかない。このままフィナに嘘を吐かせるのも気が引ける。それにわたしもフィナを今までのように誘いにくくなる。

「いいの？　ユナちゃんの秘密なら、知りたいけど他人には話せないことなんでしょう？」

「今後のことも考えると、ティルミナさんにも知っておいてもらったほうがいいので。それにフィナに黙っててもらうのも気が引けるし、シュリにも教えるつもりだったから。だから、他の人には内緒にしていてくれれば」

今回のことで、親子の間に歪みができて、仲が悪くなったら困る。

「命の恩人のユナちゃんに頼まれれば、黙っておくけど。本当にいいの？」

「黙っててもらえれば問題ないです」

「分かったわ。誰にも言わないことを神に誓うわ」

ティルミナさんは冗談交じりで言う。そんなわたしたちに笑みが浮かぶ。

わたしはティルミナさんとフィナ、シュリを連れてクマハウスに向かう。

「でも、わざわざ話を聞くだけなのに、ユナちゃんの家に行くの？」

「見てもらったほうが早いし、話しても信じてもらえないと思うから」

「なんだか、緊張するわね。ユナちゃんの秘密って、たくさんありすぎるから、なにを教えてくれるのかしら」

ティルミナさんは子供のようにワクワクした表情をしている。

そんなにわたしに秘密あるかな？

家族、出身地、クマの格好、強さ、お金、料理のレシピ、治療魔法、クマの召喚獣、クマフォン……考えると秘密だらけだ。今まで、深く尋ねられたことはなかったけど、ティルミナさんの気遣いだったのかもしれない。

ティルミナさんとフィナ、シュリを連れて、クマハウスに戻ってくると、クマの転移門が置いてある部屋に入る。

「大きい扉ね。でも、扉までクマなのね。それでこの部屋がどうかしたの？」

「えっと、ティルミナさん。この扉を開けたら、どこに繋がっていると思いますか？」

「どこって、隣の部屋じゃないの？」

クマの転移門は壁際に置いてあるので、ティルミナさんは常識的な回答をする。普通は、この扉の先がミリーラの町や王都に繋がっているとは思わない。

「この扉は魔道具で、これと同じ扉が置いてある場所と繋がっていて、扉を開くと遠く離れた場所に行くことができます」

わたしの説明にティルミナさんはフィナを一度見てから、真面目な表情でわたしを見る。

「……冗談じゃないのよね」

わたしは頷く。

「ユナちゃんのことは本当に不思議な女の子だと思っていたけど、わたしが思っている以上に不思議な子なのね。それで、この扉はどこに繋がっているの？」

「わたしが行ったことがある場所に同じ門が設置してあるんです。王都とかミリーラの町ですね。どっちかに行ってみますか？」

「それじゃ、ミリーラの町でお願い」

わたしはミリーラの町をイメージしながら扉を開ける。扉の先はミリーラの町にあるクマビルのわたしの部屋の隣の部屋だ。わたしは隣の部屋に行き、窓を開ける。その窓の開いた先には青い海の光景が広がる。

従業員旅行で遊んでいた海だ。

「海だ〜〜」

シュリが窓から海を見て叫ぶ。

「嘘とは思わなかったけど、こうやって体験をすると、もう何を言ったらいいか困るわね。フィナは知っていたのね」

「うん、ごめんなさい」

「わたしが黙っていてとお願いしたから、怒らないで」

「別に怒らないわよ。それにユナちゃんとの約束をしっかり守る子でよかったわ。他人の秘密を話すような子じゃ、逆に叱ったわ」

ティルミナさんはフィナの頭を撫でる。

「お母さん……」

　フィナは嬉しそうにティルミナさんに微笑む。家族同士だって隠し事はある。でも、わたしのことでフィナとティルミナさんの関係が悪くなるのは嫌だからね。

「でも、母親のわたしより、ユナちゃんを選んだ気がするから、少しだけ悲しいわね。これが親離れの始まりなのかしら」

「うぅ〜、お母さん……」

　フィナは恥ずかしそうにする。

「でも、これでいろいろと納得したわ。フィナに『どこに行っていたの？』と尋ねても曖昧にされることがあったからね」

「だって、王都に行ったなんて言えないです」

　フィナにはいろいろと苦労をかけていたみたいだ。でも、これでフィナとティルミナさんのわだかまりがなくなる。これからは嘘を吐かずに、フィナはティルミナさんにいろいろと話すことができる。


　次に、みんなを連れて王都に転移する。そして、外に出たティルミナさんの第一声が。

「王都にある家もクマなのね」

　ティルミナさんは王都にあるクマハウスを見る。クリモニア、ミリーラ、王都、エルフの村、タールグイの島、いろいろな場所にクマハウスが建っている。それだけ、いろいろな場所に行ったことになる。

「お母さん、お城が見えますよ」

フィナが指さす先には、国王が暮らすお城が見える。

「もう、本当に信じられないわね。たしかに、こんなことは誰にも言えないわね。フィナもシュリも約束を守って、このことは言ったらダメよ」

「お父さんにも？」

シュリが尋ねる。そうだよ。ゲンツさんの存在があったよ。忘れていたわけじゃないけど。たまに存在を忘れる。

「できれば黙っていてほしいです」

「そうね。これは女の子同士の秘密にしましょう」

「はい」

「うん、女の子同士！」

助かるけど、ゲンツさんが可哀想に思えるのは気のせいだろうか。

それからわたしたちは王都見物してからクリモニアに帰った。

そして帰り際に、

「やっぱり、クマの格好って目立つのね」

と、しみじみとティルミナさんに言われた。

412 クマさん、タールグイを一周する

ティルミナさんとシュリにクマの転移門の秘密を明かした翌日。今度こそクマの転移門を使って、フィナとシュリと一緒にタールグイの島にやってくる。

一応、探知スキルで周囲を確認するが魔物の反応はない。わたしはくまゆるとくまきゅうを召喚する。

タールグイにあるクマハウスから出たシュリはキョロキョロと周囲を見ている。

「ユナ姉ちゃん。ここ、あの動く島なの？」

「そうだよ」

「魔物は大丈夫なの？」

少し不安そうにして、くまきゅうにしがみつく。

「もう魔物はいないから大丈夫だよ。それに、なにか危険なことがあればくまゆるとくまきゅうが教えてくれるよ」

「「くぅ〜ん」」

くまゆるとくまきゅうは「任せて」的な声で鳴く。それで安心したのかシュリから不安そうな表情は消える。

「それじゃ、果物を採ってもいい？」

そういえば、前回来たときは果物をお土産にするとか言っていたけど、魔物が現れて、それどころじゃなかったから、採っていないんだよね。

「あとで果物を採って、ティルミナさんに持って帰ってあげようね」

「うん！」

バナナとかも持って帰りたいね。アイスクリームもあるし、バナナパフェでも作って食べようかな。

「ユナお姉ちゃん、それでこの島に来てどうするんですか？」

「少し探索をしようと思ってね。前回来たときは、いろいろあって調べられなかったからね。大丈夫だと思うけど、２人ともくまゆるとくまきゅうの側を離れちゃダメだからね」

２人は素直に頷（うなず）いてくれる。

わたしたちはクリュナ＝ハルクの本がある石碑のところまでやってくる。わたしは石碑に魔力を流し込む。石碑は光りだし、前回同様にクリュナ＝ハルクの本が出てくる。

「本を読むんですか？」

「今は読まないけど、必要になるかもしれないからね」

分からないことがあったら、本で調べるつもりだ。ゲームをするとき、説明書を読まない性格がここでも出ているような気がする。別に本を読むのは嫌いじゃないけど、ゲームだとプレイしてから、分からなかったら説明書を読む癖がついている。それに今のゲームってチュートリアルがあるから説明書がないんだよね。

そんなわけで、クリュナ＝ハルクの本を手に入れたわたしたちは、前回歩いた方向と逆の方向に歩きだす。

タールグイの頭のあたり、クリュナ＝ハルクの本があった石碑のあたりは高い崖になっている。そして、タールグイの頭と反対側のほうに行くと崖が低くなっていく。わたしたちが初めて島に上陸したのも、その崖が低い場所になる。

「ミリーラの町から、どのくらい離れているのかな？」

海を見ながらフィナが口を開く。

わたしもフィナと同じように海を見る。水平線が広がり、島一つ見えない。聞こえるのは波の音ぐらいだ。フィナの疑問に答えてあげたいけど、その答えは持ち合わせていない。クマの地図のスキルを使っても、真っ黒い地図のなか、ポツンと今いる場所が明るくなっているだけだ。地図は縮小ができないので、世界地図を見ることができない。そのため、タールグイが今どのあたりを移動しているのか分からない。

航海士なら太陽の角度とかで分かるかもしれないが、残念ながらわたしにはそんな知識はない。

ここがどこなのかは、タールグイにしか分からないことだ。

それに世界地図が分かったら、楽しみの一つがなくなる。

ゲームでいえば新しく行ける土地（エリア）が一気に開放されてしまう気分だ。知らない土地を想像するだけで、楽しみになってくるものだからね。いつかは知らない土地の近くを通ったら、探索をしてみたいものだ。

「風が気持ちいいです」

フィナとシュリの髪やスカートが風になびいて揺れている。わたしは自分を見る。着ぐるみのわたしはスカートも髪も揺れない。女の子として、どうなんだろうと思ってしまう。別にスカートをはいているから女の子ってわけじゃないけど、フィナと自分を比べると、女の子としての差が出てしまう。

とりあえず、風を感じるためにクマさんフードを取ってみる。たしかに気持ちいい風が吹いてくる。でも、フードを取ると、日差しが強い。

「2人とも暑くない？」

「大丈夫です」

「大丈夫だよ」

どうやら、涼しい部屋で引きこもり生活をしてきた貧弱なわたしと違って、フィナとシュリは鍛えられているみたいだ。

海水浴をしたときも思ったけど、元引きこもりにはきつい日差しだ。クマ装備がなかったら生きていけないよ。

でも、フィナとシュリに帽子ぐらい被らせてあげればよかったかな。

麦わら帽子が似合うかもしれない。

どこかに売っていないかな。


海風を堪能したわたしたちはタールグイの後ろに向けて歩きだす。反対側とさほど変わらない風景が続く。片方は海、反対側は森になっている。中央には小山があり、タールグイの第2の口がある。

「ユナ姉ちゃん、道があるよ」

シュリの言うとおりに森の中に続く道がある。でも、今日はタールグイの島を一周するのが目的なので、寄り道はしない。

「ユナお姉ちゃん、あれは？」

下り坂を進んでいくと、フィナが前の方を指さす。その先にはクリュナ＝ハルクの本があったのと同じような石碑がある。

たしか、このあたりって？

わたしはクリュナ＝ハルクの本のページを捲(めく)る。

うん、そうだ。ここはもしもの場合のときにここから脱出するように書かれていた場所だ。

こっちの石碑も長いこと放置されていたようで汚れていたので、水魔法で汚れを落とす。

えっと、何が書いてあるかな。

『緊急脱出場所』

やっぱり、クリュナ＝ハルクの本に書いてあった場所だ。

『この島からの脱出方法、周期的に渦が弱くなるときがある。そのときに石碑に触れ、解除と唱えよ。船が現れる』

船が現れるって、どういうこと？

「ユナ姉ちゃん、触っていい？」

シュリが石碑に触りたそうにしている。でも、わたしの言いつけを守って、勝手な行動はしない。

「う〜ん、なにが起きるか分からないから、わたしがやるよ。2人はくまゆるとくまきゅうの側にいてね」

「うぅ、やってみたかった」

「ユナお姉ちゃん、気をつけてくださいね」

フィナがシュリの手を握って、くまゆるとくまきゅうのところに移動する。それを確認したわたしは石碑に触れ「解除」と唱える。その瞬間、海岸に船が現れる。

「お船だ～」

現れたのは中型ぐらいの船で20人ほどが乗れそうだ。船が現れたと同時に石碑にも縄が現れ、船が固定されている。縄を外せば、船を動かすことができるみたいだ。

どうやら、クリュナ＝ハルクが用意した緊急脱出船だったみたいだ。

「ユナお姉ちゃん、お船が凄く揺れているよ」

シュリの言うとおり、船は波や渦などで揺れている。ロープで固定されているが、このままでは船が壊れてしまう。

出すことができれば、しまうこともできるはずだよね。わたしは石碑に触れて、元に戻るように考える。すると、船が消える。

「船が消えた」

「石碑の中に入ったように見えたよ」

「もしかして、アイテム袋の一種？」

わたしはクリュナ＝ハルクの本で確認する。

やっぱり、アイテム袋みたいだ。解除することによって、誰でも船を呼び出せるようになっている。この船に乗って脱出するようになっていたんだね。

クリュナ＝ハルクって、自分がいなかったときのことも考えるなんて、どんだけ聖人なのよ。

この本だってそうだし、タールグイについても注意書きがあるし。でも、それならモンスターを呼び寄せる桜の木については、その木の下に石碑が欲しかった。本に書くよりもそっちのほうがすぐに危険と分かったのに。

石碑はもう一つあったが、使用済みだったのか、何も出てこなかった。


それから島を半周し、前回と合わせてタールグイを一周したことになる。

やっぱり、一人で回るより、フィナたちと一緒に話しながら回るほうが楽しい。

「ユナ姉ちゃん、果物採っていい？」

「いいよ」

わたしが許可を出すと、シュリは走りだす。そのあとをフィナとくまゆるが追う。

リンゴにオレンにバナナに桃にサクランボ、見たことがない果物もある。本当にお宝の島だ。

シュリは高い位置にあるリンゴに手を伸ばすが届かない。

「くまゆるちゃん、手伝って」

「くぅ～ん」

くまゆるはリンゴの下に移動し、シュリはくまゆるの背中の上に立ち上がり、リンゴを採る。

そして、下にいるフィナに渡す。

見事な連携だ。

「ユナ姉ちゃん、どのくらい採っていいの？」

くまゆるの背中の上に立っているシュリが尋ねる。

たしかに、制限を決めないと採りすぎるかもしれない。

「そうだね。このカゴに入るぐらいかな」

クマボックスから、少し大きめの手提げカゴを取り出す。

「このカゴに入るぐらいなら、持って帰っていいよ」

わたしがカゴを出すと、フィナがリンゴを入れる。

「一つの果物で、一カゴ？」

「違うよ。全部で」

「うぅ、それじゃ、くまゆるちゃん。次はあっちの果物を採ろう」

「くぅ～ん」

シュリはくまゆるの背中に乗ったまま、オレンの木に向かう。

そのあとをフィナが追いかけていく。

2人とも楽しそうに果物を採る。

わたしも、見ているだけではあれなので、自分用にくまきゅうと一緒に果物を採る。

それから、カゴはフィナとシュリが集めた果物で一杯になり、少しだけ食べることにする。

「おいしい」

シュリはブドウを美味しそうに食べている。

「お姉ちゃんも、あ〜ん」

シュリはフィナの口に向かってブドウを運ぶ。フィナはそのまま口を開けて、ブドウを口の中に入れる。

「おいしい？」

「うん、おいしいよ」

フィナの言葉にシュリは嬉しそうにする。

本当に仲良し姉妹だ。シュリも連れてきてあげてよかった。

「ユナお姉ちゃんも、あ〜ん」

シュリがわたしのところにやってくる。わたしが口を開けると、シュリがブドウを口の中に入れてくれる。

うん、美味しい。

ブドウをトッピングしたケーキでも作ろうかな。

バナナもあるし、いろいろなフルーツケーキが作れそうだ。

今日は、新しい果物も発見できて、有意義な一日だった。

413 クマさん、ドワーフの街に行くことにする

「ユナちゃん、ルドニークに行くのかい？」

鍛冶屋のゴルドさんの奥さんのネルトさんが尋ねてくる。

従業員旅行から帰ってきてから、久しぶりにのんびりとした時間を過ごした。

押し花作りもしたし、カルガモの大きな卵でプリン作りもしたし、気になっていたタールグイの散策もした。

そろそろ、なにもすることがなくなったので、ドワーフの街、ルドニークに行くことにした。

それで出発する前に鍛冶屋のゴルドさんとネルトさんに会いにきたところだ。

「うん。それで、知り合いに言伝や手紙でもあれば届けるけど」

「ゴルド！　ユナちゃんがルドニークに行くって！」

ネルトさんが奥にいると思われるゴルドさんに声をかけると、ゴルドさんがやってくる。

「ロージナ師匠によろしく言っておいてくれ」

ゴルドさんはそれだけ言うと、引き返そうとする。それをネルトさんが頭を叩いて止める。

「せっかくユナちゃんが来てくれたのに、そんな態度はないだろう。すまないね。ルドニークを離れてから一度も戻っていないから、ゴルドもどうしたらいいか困っているのさ」

「手紙は出していないんですか？」

「一年に一度は出しているよ」

それなら、サーニャさんよりは全然マシだ。ドワーフはエルフとは感覚が違うらしい。

「それで、どうしてルドニークに？」

「ガザルさんに話を聞いて、ドワーフの街がどんなところか見に行こうと思って」

暇つぶしともいう。ゴーレム討伐で拾った謎の鉱石は、あまり当てにしていない。なんたって、クマモナイトだもん。

「ドワーフの街を見たいからってルドニークまで行くかね？」

「街の見学は趣味だよ」

久しぶりの異世界見学だ。元の世界にはドワーフなんて種族はいなかったから、暮らしを見るのは楽しみでもある。

「それじゃ、ちょっと待っておくれ。今からゴルドに手紙を書かせるから」

ネルトさんはゴルドさんに手紙を書くように言う。

「ネルトさんは書かないんですか？」

「わたしは身内はいないからね」

「ごめんなさい」

「気にしないでいいよ。ユナちゃんのところにいる子供たちだって、親はいないんだ。同じようなものだよ。だから、ゴルドの奴が町を出るって言ったときに、ついてきたんだよ」

「仲がいいんですね」

「まあ、ゴルドがいたから、救われたからね」

ネルトさんの言葉にゴルドさんは背中を向ける。恥ずかしがっているのかな？

でも、微笑ましい関係だ。

「ほれ、手紙だ。師匠と両親宛だ。嬢ちゃんのことも書いておいた。何かあれば相談に乗ってくれるはずだ」

ゴルドさんは背中を向けたまま後ろ手に手紙を出す。それをわたしは受け取る。手紙の表には「師匠」「両親」と書かれていた。裏を見ると住所らしきものも書かれている。

「ちゃんと届けますね」

「ユナちゃんなら大丈夫だと思うけど、気をつけて行くんだよ」

「くまゆるとくまきゅうがいるから、大丈夫ですよ」

手紙を受け取ったわたしは鍛冶屋を出る。

鍛冶屋を後にしたわたしは、ティルミナさんとフィナに会いに家に行く。ティルミナさんはいたが、フィナとシュリは買い物に行っていていなかった。

「しばらく街を離れるって、仕事なの？」

「違いますよ。ちょっと、ゴルドさんの故郷のドワーフの街に行ってみようと思って」

「ドワーフの街？　冒険者をしていたときに聞いたけど。たしか、かなり遠かったはずよね」

わたしが設置してあるクマの転移門ではエルフの村から出発するのが一番近い。

「近くに転移門を設置してあるから、それほど、時間はかからないから大丈夫だよ」

もし、クリモニアから馬車などで行こうと思ったら、かなりの時間がかかる。でも、クマの転移門とくまゆる、くまきゅうコンボを使えばかなりの時間を短縮することができる。

「本当に便利な門ね」

「一度、行って設置しないとダメだけどね」

「それでも十分便利よ」

クマの転移門にはお世話になりっぱなしだ。王都へも近所を散歩するように行ける。

「もし何かあればすぐ戻ってくるから、連絡をくださいね」

フィナがクマフォンを持っているので、連絡はすぐにできる。

「普通は戻ってくるっていっても、簡単に戻ってこられないものなんだけど。ユナちゃんが言うと本当にできるから、何も言えなくなるのよね。あのフィナが持っているクマフォンだっけ。遠くの人と連絡を取り合うのも普通なら大変なのに、簡単に話すことができるし」

まあ、クマの転移門もクマフォンも神様からのもらいものだ。そのあたりは本当に感謝だ。

「それじゃ、今回はフィナは置いていくの？　てっきり、フィナも連れていくと言うと思っていたんだけど。別に連れていってもいいのよ」

個人的には連れていっていいなら、連れていきたい。

前回のタールグイの探索も楽しかった。

一人で行くより、２人で行ったほうが楽しいし、フィナなら気兼ねなく一緒にいることができる。

「そんなに簡単に娘の貸し出し許可を出していいの？」

「前回のことで、ユナちゃんの信頼度が上昇したからね。それに危険があればあの門を使えば戻ってこられるんでしょう。あと、娘たちに気を使ってくれていることはフィナから聞いたわよ。魔物が現れれば、くまゆるちゃんとくまきゅうちゃんを護衛につけてくれる。決して、危険な場所には連れていかない。もし、危険なことがあればクマの門で逃がしてくれるって」

ノアの護衛、鉱山のときや、タールグイのときのことを言っているのかな？

「そこまで気を使ってくれているユナちゃんなら、娘のことは安心して任せられるわよ。それにいろいろなところに行く体験は簡単にできることじゃないわ。もし、ユナちゃんがフィナを連れていくことに問題がなくて、あの子が行きたいって言ったら、連れていってあげて」

「ティルミナさん……」

「わたしの病気のせいで、あの子には苦労かけたからね。自由にやらせてあげたいの」

初めて会ったとき、フィナはかなり疲れている感じだった。

病気の母親と幼い妹の面倒を見ながら、10歳の女の子が一人で頑張ってきた。それも自分のせいだと、ティルミナさんは思っているんだろう。

「シュリは？」

「う～ん、あの子はまだ早いかな？　それにフィナとシュリが一緒にいなくなったら、ゲンツが悲しむからね」

なんでも、家族になってから、ゲンツさんはフィナとシュリに甘々だそうだ。「お父さん」って呼ばれるのが嬉しいらしい。どうやら、ゲンツさんは親バカだったみたいだ。

「父親なんて、そのうち汚いとか臭いとか言われたり、邪魔者扱いされるのにね。わたしも思ったからね」

ティルミナさんは昔を思いふける。ゲンツさんが可哀想になってくるけど、子供が成長すればしかたないのかな？

だって、わたしも経験があるし、現在進行形で。

そういえば今まで話に出てこなかったけど、ティルミナさんのお母さんとお父さん、フィナとシュリにとってはお婆ちゃんとお爺ちゃんっていないのかな？　ティルミナさんが病気のときにいなかったことを考えると、いないのかもしれない。

わたしも家族のことは聞かれたくないので、尋ねることはしなかった。

そして、ティルミナさんと話をしていると、玄関のドアが開く。

「ただいま～」

「ただいま」

玄関からフィナとシュリの声がしてくる。そして、わたしたちがいる部屋に2人がやってくる。

「お母さん、頼まれたもの、買ってきたよ」

「買ってきたよ～」

「2人ともありがとう」

2人の手提げカバンにはいろいろな野菜が入っている。

「2人とも、おつかい偉いね」

「ユナお姉ちゃん？」

2人がわたしに気付く。

「どうして、ユナお姉ちゃんが家にいるんですか？　お母さんに頼みごとですか？」

「ちょっと、しばらく街を離れるから、お店のことやコケッコウのことをお願いにね」

「ユナお姉ちゃん、どこか行くんですか？」

わたしはティルミナさんに話したことを2人に説明する。

「フィナ、覚えていない？　わたしが鉱山で石を拾って、ガザルさんに見せたら、分からないから、故郷のドワーフが住む街を教えてもらったのを」

「あっ、はい。覚えています。ガザルさんにナイフを頼んだときですね」

ちょっとした会話だったのに、フィナはちゃんと覚えていたらしい。

「それで、ドワーフの街に行ってみようと思ってね」

「フィナ。ユナちゃんと一緒に行きたいなら、行ってもいいわよ」

「お母さん？」

「フィナが行きたいって言えば、ユナちゃんが一緒に連れていってくれるって」

ティルミナさんはフィナの自主性に任せるみたいだ。

「ユナお姉ちゃん、本当？」

フィナが確認するようにわたしのことを見る。

「ドワーフの街だから、楽しいか分からないけどね。フィナさえよかったら、一緒に行く？

わたしも話し相手がほしいし」

フィナはティルミナさんを見て、それからわたしを見る。

「……ユナお姉ちゃんが迷惑じゃなければ、一緒に行きたいです」

フィナは少し遠慮がちに口を開く。

「別に迷惑じゃないよ。さっきも言ったけど、わたしも一人で行くより、フィナが一緒だと楽しいからね」

「それじゃ、行きます」

わたしの言葉にフィナは嬉しそうに微笑む。

そんなわけでフィナも一緒に行くことになった。シュリも行きたそうにしていたが、遠出になるので、留守番となった。

「シュリは、もう少し大きくなったらね」

「うぅ」

「それじゃ、シュリには連絡係をお願いしようかな」

「連絡係？」

わたしはクマフォンを作り、シュリに見せる。

「あ～、お話しできるやつだ」

「うん、だから、これで、なにかあったら連絡ちょうだい。わたしからもするから。これはクリモニアに残るシュリにしか頼めないことだから、お願いできる？」

「うん、やる」

わたしはシュリにクマフォンを渡すと、シュリは嬉しそうにする。

まあ、実際はティルミナさんでもいいんだけど、ここはシュリにお願いする。

「あっ、でもゲンツさんには内緒だから、気をつけてね」

「うん、分かった」

シュリは嬉しそうにクマフォンを握りしめていた。

わたしの言葉にティルミナさんは「ゲンツに秘密が多くなっていくわね」と呟いていた。

414 クマさん、エルフの村にやってくる

わたしはクマの転移門を使って、フィナと一緒にエルフの村に移動する。

クマの転移門はムムルートさんら数人しか入れない神聖樹の結界の中にあるので、一度一人でエルフの村に移動して、神聖樹の結界の外に出てから、新たに転移門を作って、フィナを移動させた。

神聖樹の結界の中に入ったフィナがどうなるか分からないからだ。試してみるわけにはいかないから、手間だが段階を踏むことになった。

といっても結界の外に新しいクマの転移門を出して、扉を開けるだけだ。

「ここは、どこなんですか？」

クマの転移門から出てきたフィナはキョロキョロと周辺を見る。でも、周囲は岩壁があり、森があるだけで、ここの場所を示すものはなにもない。

「えっと、王都からラルーズの街に行って……、大きな川を渡って……、そこから進んだ森の中？」

頭に思い浮かべながら答える。

「分からないです」

だよね。

「簡単に言えば、遠く離れた場所にあるエルフが住むエルフの村の近くだよ」

「エルフの村ですか？」

「少し前にね。サーニャさんと一緒に来たことがあるんだよ。それで、そのときにクマの転移門をね」

「ああ、そういえば、前にサーニャさんと出かけるって聞いたことが」

一応、遠出する場合はフィナに伝えることにしている。

前に話したことを覚えていたみたいだ。

フィナに説明をしていると草の上を駆ける足音が近づいてくる。

「ああ、やっぱりユナさん来ている。ごめんなさい。遅れました」

現れたのは長い薄緑色の髪をしたエルフの女の子、ルイミンだ。

昨日、エルフの村に行くことをルイミンにクマフォンで連絡をしたら、迎えに来ると言ってくれた。別に必要はないって言ったんだけど、来てくれたみたいだ。

「ユナさん、そっちの女の子が昨日言っていた、フィナちゃんですね」

ルイミンがフィナを見ながら、微笑む。

「わたしの命の恩人のフィナだよ」

「ユナお姉ちゃん！　だから、その紹介のしかたやめて！」

　わたしがフィナを紹介すると、フィナは口を尖らせながら、小さな手でポコポコとわたしを叩く。もちろん、痛くはない。

「えっと、この子はルイミン。王都の冒険者ギルドのギルドマスターをしているサーニャさんの妹だよ」

「サーニャさんの妹？」

　ルイミンとサーニャさんが姉妹だという事実にフィナは驚く。

「ルイミンです。お姉ちゃんを知っているんですね。ユナさんには行き倒れているところを助けてもらいました。だから、ユナさんは、わたしの命の恩人かな？」

　王都の治安は分からないけど、可愛い女の子が外で倒れていたら危険だ。

　だから、別の意味で恩人ということになるかもしれない。

「えっと、フィナです。ユナお姉ちゃんに魔物に襲われているところを助けてもらいました。だから、ユナお姉ちゃんはわたしの命の恩人です」

　フィナはわたしの紹介を訂正して自己紹介をする。

「それじゃ、わたしたちは、お互いにユナさんに、救われた同士だね」

「はい！」

　なんだか、会った早々に意気投合しているんだけど。

　まあ、２人が仲良くなったのはいいことだ。

わたしとフィナは迎えに来てくれたルイミンと一緒にエルフの村に向かう。わたしの横ではフィナとルイミンの2人が歩きながら話をしている。

「それにしてもフィナちゃんも、クマさんの門のことを知っていたんですね」

「わたしも、ルイミンさんがクマさんの門を知っているとは思いませんでした」

「知っているのはフィナの家族とルイミンの家族だけだよ」

家族全員ではないが、2人の身内だけになる。そう考えると似たような環境の2人だ。

「でも、クマさんの門のことを知るために、笑い地獄の契約魔法をするとは思わなかったよ」

「契約魔法ですか？」

「うん、ユナさんの秘密を他人に話そうとすると笑い苦しむんです。もう、それは苦しくて、口にすることもできないんですよ」

ルイミンは笑いながら苦しそうな表情をしてみせる。

サーニャさんとムムルートさんの笑う姿を見たけど、顔は笑みを浮かべているのに凄く苦しそうだった。あれって、何が可笑しかったんだろうね。面白い話を聞いて可笑しいとか、体をくすぐられて可笑しいとか、笑い茸を食べたとか、いろいろあると思うんだけど、どのタイプになるのかな。

「わたし、そんな契約魔法してないです」

「まあ、フィナは信じているから必要はないからね」

実際にフィナはティルミナさんに尋ねられても黙っていてくれた。

「それに、契約魔法のことを言い出したのはルイミンのお爺ちゃんで、わたしから言ったわけじゃないし。しかも初めは死ぬ契約だったのをわたしが笑い地獄に変えたんだからね」

そもそも、契約魔法はムムルートさんしか扱えないし、簡単にできるものではない。

「でも、話したら笑い地獄なんですよね」

「話そうとしなければ大丈夫だよ」

どこかのエルフみたいに、わたしのクマさんパンツの秘密を話そうとしなければ大丈夫だ。

クマさんパンツの秘密はお墓の中まで持っていってもらう。

「ユナさん。フィナちゃんはどこまで知っているんですか？　知っている人なら話をしても大丈夫なんですよね？」

「たぶん、ルイミンが知っていることはフィナも知っているよ。逆にフィナが知っていて、ルイミンが知らないことのほうが多いんじゃない？」

「それじゃ、わたしがルイミンさんに話したら、笑い地獄になるんですか？」

「フィナは契約していないから大丈夫だよ」

「よかった」

フィナは安堵の表情を浮かべる。

「それじゃ、フィナちゃんもクマフォンを知っているんですね」

ルイミンはポケットからクマフォンを取り出す。すると、同じようにフィナもクマフォンを取り出す。

「ユナお姉ちゃん。このクマフォンはルイミンさんやシュリと話すことはできるんですか？」

フィナは自分が持っているクマフォンとルイミンが持っているクマフォンを見る。

そう言えば実験をしたことがなかった。今まで、クマフォンを持っていたのはフィナとルイミンだけだった。しかも2人は知り合いじゃないから、試す機会はなかった。

だけど、シュリに渡すことで3つになり、フィナとルイミンが知り合った。クマフォンを使おうと思えばフィナとシュリ、フィナとルイミンが会話をすることができるかもしれない。

でも、わたししか使えないクマの転移門のことを考えるとできるかどうか微妙なところだ。

「ちょっと、試したことがないから、どうかな？」

「そうなんですか？　それじゃ、あとで試してみていいですか？　もし、お話ができるならシュリともお話しができます」

フィナが嬉しそうにクマフォンを握りしめる。

「いいけど、そろそろ村が見えてくるから、後でね」

「それじゃ、フィナちゃん。あとで試してみようよ」

「うん」

「みんながいないところで試すんだよ」

「はい！」

「はい」

　2人は仲良く返事をする。


　エルフの村に入ると、わたしのことを覚えているのか、すれ違う人は挨拶をしてくれる。前回来たときは緊張感が多少あったが、今はそんな心配はない。平和な日常の光景がある。

「ユナお姉ちゃん、ここにいる人は全員エルフなんですか？」

　フィナは不思議そうにキョロキョロと周囲を見ている。

　エルフの特徴である耳が長かったり、緑色の髪をした人が多い。もちろん、違う色の髪のエルフもいるが、緑色の髪のエルフが多い。

「うん、ここはエルフしか住んでいないよ」

「そうなんですね。それじゃ、昔はサーニャさんもここで暮らしていたんですね」

「フィナちゃんは、お姉ちゃんのこと知っているんだよね？」

「はい、何度かお会いしました。とても綺麗な人です」

　ルイミンは姉のサーニャさんを褒められて嬉しそうにする。将来的にはルイミンも美人になると思う。

それから、村の中心近くの広場にやってくると子供たちが遊んでいる姿がある。その子供たちがわたしのことを発見すると駆け寄ってくる。

「くまだ～」

「クマさんだ～」

「ルイミンお姉ちゃんだ」

エルフの子供たちが騒ぎ、わたしたちを囲み始める。特にわたしの周りに集まってくる子が多い。

「みんな、ユナさんに迷惑をかけたらダメだよ。ユナさんが歩けないでしょう」

「え～」

子供たちがわたしの腕や服を引っ張る。

「お爺ちゃ……長と約束したでしょう」

ルイミンがお姉さんらしく、子供たちに注意する。すると子供たちは「は～い」と返事をして離れていく。

振りほどくわけにはいかなかったから助かった。長であるムムルートさんの言いつけの力は大きいらしい。

「ルイミン、ありがとう。でも、ルイミンもお姉さんらしいこともするんだね」

「お姉さんですから」

ルイミンは胸を張る。

子供たちがわたしたちから離れていくと、別のところから声がかかる。

「騒がしいと思ったら、ユナが来たのか。相変わらずの格好をしているんだな」

イケメンエルフ青年がやってくる。サーニャさんの婚約者で、たしか名前はラビラタだったはず。

「そっちも相変わらず、仏頂面だね」

仏頂面なのでイケメンが台無しだ。

「村に好きなだけいてもいいが、あまり村の中で騒ぐなよ」

ラビラタは一瞬笑みを浮かべると去っていく。

「何だったのかな？」

「ふふ、あれでも村を救ってくれたユナさんに気を使っているんですよ」

ルイミンがラビラタの言動を通訳してくれる。

「そうなの？」

「たぶん、わたしが子供たちを止めなかったら、ラビラタさんが子供たちを止めていましたよ。だから、ラビラタさんを嫌わないでください」

別に嫌がらせを受けたわけじゃないから、嫌っていない。帰り際にはお礼も言われている。

たぶん、わたしだけじゃなく、全員に対してあの態度なんだと思う。誰にでも無愛想な人っているよね。

「それでユナさん、お爺ちゃんに会うんですよね？」

「うん、ちょっと聞きたいことがあるからね」

せっかくエルフの村に来たので、ムムルートさんにデゼルトの街での話を聞こうと思っている。本当にあのピラミッドを攻略したエルフがムムルートさんなのか。同姓同名同種族っていう可能性もある。

「それで、ムムルートさんに会える？」

「大丈夫ですよ。ユナさんだったら、いつでもお爺ちゃんは会ってくれます。なんたって、エルフの村を救ってくれた恩人なんですから」

「恩人って、大げさだよ」

「ユナお姉ちゃん、さっきも言っていたけど。村を救ったんですか？」

わたしとルイミンが話をしていると、フィナが遠慮がちに尋ねてくる。

「ちょっと、村を襲っていた魔物を倒しただけだよ。そんなに大騒ぎをすることはしていないよ」

「あれは、ちょっとって言わないと思います」

ルイミンが力説していると、ムムルートさんの家に着いた。家の前では長めの椅子に座っているムムルートさんの姿があった。日向ぼっこでもしているのかな？

「お爺ちゃん、ユナさんが来たよ」

「クマの嬢ちゃん？」

ムムルートさんは立ち上がる。

「ムムルートさん、お久しぶりです」

「嬢ちゃん、よく来たな。神聖樹のお茶とキノコでも取りに来たのか？」

「それも欲しいけど、今日は別件だよ。ルイミン、悪いけどフィナに村の中を案内してあげてくれる？　わたしはムムルートさんに話があるから。フィナ、ごめんね。少しだけ、ルイミンと村を回ってきて」

「えっと、はい」

「それじゃ、フィナちゃんに村を案内してきますね。フィナちゃん、行こう」

「あ、はい」

ルイミンはフィナの手を握って駆けだす。フィナは転びそうになりながら、ルイミンに連れていかれる。

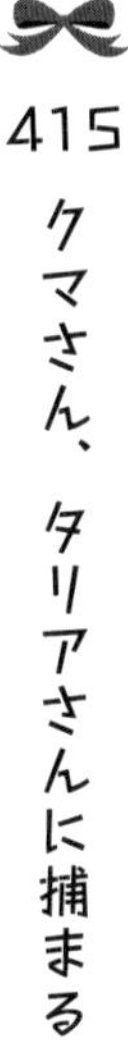

フィナとルイミンが離れていくのを確認したわたしは、ムムルートさんと話し始める。

「それで嬢ちゃん、話とは？」

「ムムルートさん、デゼルトの街って聞き覚えある？」

「デゼルトの街？」

首を傾(かし)げるムムルートさん。

考え込むムムルートさん。

おでこに触れて思い出そうとするムムルートさん。

何かにひっかかっているみたいだ。でも街の名前だけでは思い出せないらしい。なので、わたしはムムルートさんの脳に追加の情報を流し込むことにする。

「砂漠にある街で、湖があって、近くにはピラミッドがあるんだけど」

「…………」

ポン。

ムムルートさんは左手の手のひらに、右手のこぶしを落とす仕草をする。

「ああ、砂漠のデゼルトの街。懐かしい名前だ」

どうやら、知っているみたいだ。

「それじゃ、やっぱり、ピラミッドの迷宮を攻略したのはムムルートさんのパーティーなの？　そして、その仲間の2人が残って街を作って」

「嬢ちゃん、詳しいのう」

「少し前に、デゼルトの街に行くことがあって、その街の領主様に街が作られたときの話を聞いていたら、エルフのムムルートさんの名前が出てきたから、もしかしてと思って」

「間違いなくわしですな」

ムムルートさんは思い出すように話してくれる。

何でも、迷宮をクリアしたムムルートさんたちが外に出ると水が湧き出して、湖ができ上がったという。それで、砂漠を行き来していた人たちが楽ができるようにと休憩所を作ったところ、物を販売する者が集まり、作物を育てる者、家畜を育てる者、建物を建てる者、そんな人たちが集まり、街ができていったそうだ。

それを管理したのがカリーナのご先祖様でムムルートさんの冒険者仲間だという。

「湖を中心に気温が結界によって抑えられていることを知ったわたしたちは、壁を作ったりしたものです」

「その領主様にムムルートさんのことを話したら、会いたそうにしていましたよ」

「そうか、嬢ちゃんはクアトとシアンが作った街に行ったんですな」

　クアトとシアンって、ムムルートさんのパーティーメンバーの名前で、カリーナのご先祖様みたいだ。

「うん」

「二人が作った街が子孫によって守られているんですね」

　ムムルートさんは懐かしそうな表情をする。

「それじゃ、今度デゼルトの街に行く？」

「あやつたちの子供たちを見てみたいですが、立場上、村を長い間空けるわけにはいかないから無理ですな」

　普通に行けば、時間がかかる。でも、クマの転移門を使えば、移動時間は短縮できる。

「それなら、大丈夫だよ。デゼルトの街にクマの門を設置してきたから、日帰りで行けるよ」

「……嬢ちゃん、いいのか？」

「いいよ。でも、今はちょっと無理だから、今度でいい？」

「ああ、何年でも、何十年でも待たせてもらうかのう」

　そうだよ。エルフはこういう種族だったよ。


　くぅ〜ん、くぅ〜ん。

　ムムルートさんから神聖樹の茶葉をもらったり、いろいろと話をしていると、左手の白クマパペットが鳴き始める。

クマフォンの音だ。いきなり鳴くと、まるでクマパペットが鳴いているようにも見える。でも、誰からだろう？　クマフォンはフィナ、シュリ、ルイミンの3人しか持っていない。

「それじゃ、ムムルートさん。今度、誘いに来ますね」

ムムルートさんは鳴き声を気にした様子だったけど、ムムルートさんから離れ、人がいないところに移動する。そして、未だに「くぅ～ん、くぅ～ん」と鳴っているクマフォンを取り出す。

「もしもし」

『あっ、繋（つな）がりました』

クマフォンからフィナの声がしてくる。

「どうしたの？　なにかあった？」

『ごめんなさい。クマフォンを使って、ルイミンさんやシュリと会話をしようと思って使ってみたんです。でも、お話しできなくて。それで、壊れているかと思ってユナお姉ちゃんに使ったんです』

「ルイミンとシュリとは会話できなかったんだ」

『はい、できませんでした』

どうやらクマフォンはわたしにしか繋がらないらしい。

まあ、想定の範囲内かな。クマ装備は譲渡不可でわたし専用だし、クマの転移門はわたしじゃないと扉を開けることはできない。クマフォンはわたしの魔力で作りあげたから、わたしにしか繋がらないのかもしれない。

もし、誰でも使えるようだったら、万能アイテムになってしまう。

「それで2人はどこにいるの？」

『えっと、ルイミンさん。ここは？』

『村の外れです』

クマフォンからルイミンの声が聞こえてくる。

わたしはルイミンの家の前で合流するように伝える。ルイミンの家にやってくると、2人がやってくる姿がある
「ユナお姉ちゃん、壊れていないんですよね？」

フィナがクマフォンを握り締めながら、不安そうに尋ねてくる。

「壊れていないよ。たぶん、わたしとしか繋がらないんだね。今まで使ったことがなかったから、分からなかったけど」

「残念です」

「フィナちゃんが帰っても、お話しできると思ったんですが」

「まあ、なにかあればわたしが伝えてあげるから」

「はい」

フィナとルイミンは少し残念そうにする。

それじゃ、ムムルートさんに挨拶はしたし、そろそろドワーフの街に向けて出発しようかなと思っていると、

「あら、やっぱりユナちゃんがいるわ」

後ろから声をかけられる。振り向くとルイミンの母親のタリアさんがいた。相変わらず、若くて3児の母親とは思えない。

まあ、エルフだし、そのあたりは気にしないことにする。

「村を歩いていたら、クマさんが来たっていうから、すぐにユナちゃんだと分かったわ」

タリアさんは推理が当たったことに嬉しそうにする。

でも、そんな認識のしかたでいいの？　本物の熊を見かけた人が「熊が来た」「熊が現れた」と言って、それを聞いた人がわたしが来たと推理したら、危なくない？

まあ、本物の熊が現れたら叫び声ぐらいあげるだろうから、大丈夫だと思うけど。

おっとりしたタリアさんじゃ心配だけど。

「それで、そっちの子はユナちゃんの妹？」

わたしの隣にいるフィナを、推測するように尋ねる。そもそも、わたしとフィナは似ていない。

「でも、クマさんの格好はしていないから、違うのかしら？」

首を傾げるタリアさん。

それじゃ、クマの格好をしていたらわたしの妹になるの？

「妹じゃないよ。この子はフィナ。わたしの命の……わたしがお世話になっている子だよ」

わたしがフィナを見ながら「命の恩人だよ」と紹介しようとしたら、フィナに睨まれたので言い直した。

「フィナちゃんね。わたしはタリア。ルイミンのお姉ちゃんよ。タリアお姉ちゃんって呼んでね」

タリアさんは臆面もなく言った。

「それじゃ、サーニャさんのお姉さんなんですね」

フィナはタリアさんの言葉を疑わない。

「あら、サーニャのことも知っているのね」

「はい」

「ええ、そうよ。サーニャの姉のタリアよ。だから、タリアお姉ちゃんって呼んでね」

「はい。タリアお姉ちゃん」

普通に会話を始めるタリアさんとフィナ。そんな2人の間にルイミンが止めに入る。

「お母さん！　やめてよ。フィナちゃんが本当に信じちゃうでしょう。フィナちゃん、お姉ちゃんじゃなくて、お母さんだからね」

「お母さん？」

ルイミンの言葉にフィナは驚く。

まあ、タリアさんの容姿はお姉ちゃんと言われても違和感はない。だから、その手の嘘は騙されやすい。

「そんなに早くにばらさなくてもいいのに」

「お母さん。恥ずかしいから、やめて！」

ルイミンは顔を赤くしながら、タリアさんに注意する。

「それじゃ、ばれちゃったらしかたないわね。あらためて、ルイミンの母のタリアです。フィナちゃん、嘘を吐いたお詫びに美味しい果物があるから、ごちそうするわ」

タリアさんはフィナの手をつかむと家の中に連れていってしまう。

「えっ、ユナお姉ちゃん？」

フィナは手を引っ張られながら、後ろを振り向いて、わたしのことを見る。わたしは首を横に振って、タリアさんとフィナのあとについて家の中に入る。ルイミンもため息を吐くとついてくる。

わたしたちはタリアさんが出してくれた果物を食べながら、お話しタイムに突入してしまった。

ドワーフの街に行こうと思っていたのに……。

「ルッカはいないの？」

「ルッカは、森に遊びに行っているわ」

父親のアルトゥルさんは仕事らしい。

「ルッカって？」

「ルイミンの弟だよ」

「ふふ、ルッカも残念ね。ユナちゃんが来てくれたのに」

まあ、クマフォンのことは話せないので、前もってわたしが来ることを伝えることはできなかったから、しかたない。

下手をすると笑い地獄が待っている。

「フィナちゃん、たくさん食べてね」

タリアさんはわたしたちの前にたくさんの果物を並べる。

「あ、ありがとうございます」

甘酸っぱい果物を食べる。

最近、果物ばかり食べている気がする。

「そういえば、ユナさん。ドワーフの街へ行くんですよね」

果物を食べていると、ルイミンが尋ねてくる。

「あら、ユナちゃん、ドワーフの街へ行くの？」

さらにルイミンの言葉にタリアさんが反応する。

「ちょっと、遊びにね。ムムルートさんの用事も終えたから、これから出るつもりだよ」

「残念です。せっかくフィナちゃんとお友達になれたのに」

ルイミンは少し残念そうにする。

「今度、あらためてフィナと一緒に遊びに来るよ」

フィナとルイミンも短い時間で仲良くなったみたいだし。お互いにわたしの秘密を知っているから、話をしても笑い地獄になったりはしないはずだ。

「約束ですよ。でも、ドワーフの街か、懐かしいな」

「行ったことがあるの？」

「はい。何度か」

エルフがドワーフの街に？　エルフとドワーフって仲が悪いんじゃなかったっけ？

「大丈夫だったの？」

「お父さんと一緒だったから、迷ったりはしてませんよ。一人じゃ、迷子になっていたかもしれないけど……」

わたしが聞きたいのはそこじゃなかったけど、王都で迷子になったことを気にしているみたいだ。

「エルフとドワーフって仲が悪いから、エルフがドワーフの街とか行っても大丈夫かなと思って」

「エルフとドワーフって仲が悪いんですか？」

ルイミンが尋ねてくる。

尋ねているのはわたしのほうだよ。

「違うの？」

「聞いたことがないです。前にドワーフの街に行ったときも、優しくしてくれましたよ」

どうやら、わたしの常識はここでは通用しないみたいだ。わたしが読んだ漫画や小説だと、エルフとドワーフって仲が悪い作品が多いんだよね。

特に髭（ひげ）を生やしたドワーフと美人のエルフが言い争っている場面を見る。

「ドワーフの街か。わたしも久しぶりに行ってみたいな」

「あら、いい考えね。ルイミンも一緒に行ってきなさい。ちょうど、新しいフライパンと鍋が欲しいって思っていたところだったのよ。あと、新しい包丁も欲しいわね。そうだ。近所のみんなにも聞いてこなくちゃ」

「お母さん？」

タリアさんは一人で言うだけ言うと、立ち上がって、部屋から出ていってしまう。

それをわたしたちは黙って見送る。

「えっと、これって、つまり」

どういうことなのかな？

「わたしも行くことになったみたいです。その、お母さんがごめんなさい」

ルイミンは申し訳なさそうに謝る。

「別に一緒に行くのはいいけど。お父さんの許可とかをもらわないでいいの？」

「それは大丈夫です。ああなったお母さんは、誰にも止められないです」

ルイミンも苦労しているみたいだ。

「でも、フライパンと鍋か」

ドワーフというと武器や防具が頭に浮かぶけど、そんなことはないんだよね。

ゴルドさんとガザルさんが武器や防具がメインだからイメージがなかったけど、調理器具など日用的な金属の加工の仕事もしているものだ。

「フィナ、わたしたちもティルミナさんになにか買っていってあげようか？」

クリモニアでももちろん売っているけど、ドワーフの街で買うと本場のいいものって気分になる。

それに、フライパンや鍋にも良し悪しがあるしね。

材質の種類があって、重量、焦げつかないとか、熱の伝導率がいいとか。いろいろと特徴がある。

ドワーフの街で買うのもいいかもしれない。うん、いい考えだ。

でも、フィナを見ると少し言いにくそうにして口を開く。

「えっと、その、実はわたしもお母さんから頼まれています」

「そうなの？」

「はい、いろいろと買ってきてほしいと頼まれました」

流石デキる主婦。すでにフィナにお願い済みだったみたいだ。

「それなら、わたしは孤児院やアンズたちに買っていってあげようかな」

「それも頼まれています。孤児院やお店で大きい鍋が欲しいそうです」

なにか、先回りされている。

でも、孤児院なら大きな鍋とかは必要かな。大量に料理を作るなら、大きな鍋のほうが手間が減らせる。

わたしも自分用に買っていこうかな。買うならクマハウスにもあったほうがいい。予備を考えれば、もっと必要になる。一つクマボックスに入れておけば、使い回しはできるけど、洗ったあとにしまったりするのが面倒くさい。できればそれぞれのクマハウスに常時置いておきたい。

タリアさんが用意してくれた果物を食べながら話していると、タリアさんが戻ってくる。

「ルイミン。これがリストね」

タリアさんがルイミンに数枚の紙を渡す。ルイミンはその紙を見ると表情が変わっていく。

「お、お母さん、多いよ」

ルイミンがテーブルの上に紙を置くと。一番上に注文主の名前が書かれており、その下にフライパンや鍋、包丁、その他もろもろと商品名や大きさなどが細かく書かれている。そんな紙が何枚もある。

「だって、みんな欲しいって言うんだもん」

だもんって、見た目は若いから似合っているけど。実際は100歳以上なんだよね？

「ちゃんと、お爺ちゃんからアイテム袋を借りてきたから、大丈夫よ。あとお金ね」

そう言って、アイテム袋とお金が入った袋をルイミンに渡す。

「お爺ちゃんはみんなで囲んで食べられる大きな鍋が欲しいって」

「ううぅ、お爺ちゃんまで」

ルイミンはテーブルに突っ伏す。

どうやら、ルイミンが一緒に行くことが確定したみたいだ。

416 クマさん、ドワーフの街に向けて出発する

わたしはフィナとルイミンを連れて村の外にやってくると、くまゆるとくまきゅうを召喚する。ここからはくまゆるとくまきゅうの出番となる。

「くまゆるちゃん、くまきゅうちゃん、久しぶり」

ルイミンはくまゆるとくまきゅうの頭を撫でながら挨拶をする。くまゆるとくまきゅうは「「くぅ〜ん」」と嬉しそうに鳴く。

フィナとルイミンには、くまゆるに乗ってもらい、わたしはくまきゅうに乗って出発する。


ドワーフの街はエルフの村よりさらに先に進んだ場所。鉱山があるところに街があるとのことだ。エルファニカ王国でもなく、隣のソルゾナーク国ってわけでもなく、一つの自治体になるらしい。「本当に迷わない？」

「大丈夫です。何度か行ったことがありますから」

自信いっぱいに答えるルイミン。

ドワーフの街に行くにはエルフの森を抜けるのが近道らしい。その近道をルイミンが案内してくれることになっている。王都の行き倒れ事件を知っている身としては不安になるが、ルイミンが自信満々に「大丈夫です！」と言うので、強くは断れず、了承してしまった。

本来、ドワーフの街に行くには大きな川があるラルーズの街に繋がる街道まで戻り、そこからエルフの村がある大きな森を大きく迂回して、山を回るように行くそうだ。

でも、戻るとそれだけ時間がかかる。

ことわざでもある。「急がば回れ」だ。わたしも砂漠に行くときに近道をしようとして、道に迷ったからね。

でも、本当にドワーフの街に行くのに近道になるなら、くまゆるとくまきゅうに負担をかけないですむメリットもあり、森の中を進めば人とすれ違うことを気にしないですむ利点もある。実際悪いことばかりじゃない。だから、ルイミンが迷わなければメリットのほうが多いともいえる。

そもそも急ぐこともないので、迷ったとしても、それはそれで、一つの思い出になる。

とりあえずは森を庭と宣言するエルフのルイミンの言葉を信じて、わたしたちを乗せたくまゆるとくまきゅうは森の中を進む。


「それにしても凄い量でした」

フィナが先ほどの出来事を思い出すように口にする。

わたしたちがルイミンの家を出ようとしたら、家の前にエルフの奥様たちが集まっていた。

一瞬驚いたが、タリアさんが鍋などの話をしにいったときに、わたしが来たことを村に広めてしまった。それで、エルフの奥様たちが山で採れる山菜やキノコをカゴいっぱいにわたしに持ってきてくれた。

食べ物はいくらあっても困ることはないので、お礼を言ってありがたく受け取った。

それに、いくらもらってもクマボックスがあるから傷まないしね。

「ユナさんが前回来たときに、嬉しそうにたくさん持って帰っていったから、みんな喜ぶと思って持ってきたんですよ」

「前にユナお姉ちゃんが、うちにキノコや山菜をたくさん持ってきてくれたのは、ここで採れたものだったんですね」

前回もらった山菜やキノコは、フィナの家に持っていったり、アンズに分けたり、海に行ったときに料理に使ってなくなった。流石(さすが)に40人以上で食べればなくなるのも早い。だから、補充できたのは嬉しかった。今度、天ぷらにして食べようかな。

「今日の夜にでも食べようか？」

「わたし、手伝います」

フィナも食べる気満々だ。

その後、最初は不安もあったが、ルイミンは迷うこともなく、くまゆるとくまきゅうに進む先の指示を出していく。

木々の間を通り、川を下り、山を登る。

スキルのクマの地図を見ると、ぐにゃぐにゃと曲がっているが、ちゃんと同じ方角に進んでいる。漫画みたいに同じところをグルグルと回ることにはなっていない。

道案内はルイミンに任せ、危険な魔物や動物はくまゆるとくまきゅうに任せ、わたしはくまきゅうの上でのんびりとする。

隣から、くまゆるに乗っているフィナとルイミンの楽しげな声が聞こえてくる。

話題は、2人の共通の知り合いのわたしとサーニャさんについてのようだ。

途中で休憩を挟みながら進んでいると、ルイミンがくまゆるの歩みを止めさせ、キョロキョロと周囲を見る。

「あれ、おかしいな……このあたりにあったはずなのに」

周囲は崖があり、道がない。

「もしかして、迷った？」

「迷っていないです。ここの近くに橋があったはずなんです」

「橋って、もしかして。あれのこと？」

わたしが黒クマさんパペットを向ける。

「あ、そうです」

橋の前にやってくるが、ロープでできていた橋は壊れていた。

「これじゃ、通れないです」

ルイミンは壊れた橋を見て、困った表情を浮かべる。

「ここが通れないと、来た道を戻って……、それだとかなり遠回りになるし」

ルイミンは頭を抱えてオロオロとし始める。

わたしはため息を吐くと、くまきゅうから降りて、崖の近くまでやってくる。

崖と崖の間は10ｍほど離れており、深さも10ｍほどある。

くまゆるとくまきゅうなら、跳べない距離ではない。でも、今後、エルフが使うなら、橋はあったほうがいい。

「ちょっと、離れて」

わたしは腰を下ろし、黒クマさんパペットで地面に触れる。そして、魔力を流してイメージする。崖から土が現れ、反対の崖まで土が延びて橋ができ上がる。

ピラミッドの地下探索のときに橋を作ったことがあるので、簡単にイメージすることができ、橋を作ることができた。

「ユナさん、凄いです」

「でも、なんでクマさんがいるの？」

橋の端を支える柱がクマになっている。橋を強化しようと思ったら、クマができただけだ。

これで橋が簡単に落ちるようなことはないはずだ。

「まあ、これで通れるようになったよ」

わたしたちはクマ橋を渡って、反対側に移動する。

そして、魔物や凶暴な動物に襲われることもなく、ルイミンが迷子になることもなく、順調に進み、夜になる。

「そろそろ暗くなってきたから、このあたりで一泊しようか」

「ユナさん、クマさんのお家ですか？」

ルイミンが嬉しそうに尋ねてくる。

「クマさんのお家は凄いですよね。野宿をしないでよくて、暖かい布団があって、お風呂があって、一日の疲れが取れる最高の家です」

ルイミンはよほど、王都に行くときに苦労したのか、クマハウスを気に入ってくれているみたいだ。

わたしはクマハウスを取り出すと、くまゆるとくまきゅうを子熊化させて中に入る。そして、お風呂にお湯を溜める間に食事の準備に取りかかる。せっかく山菜をもらったので、少し手間だけど、野菜の天ぷらを作ることにする。

「ユナお姉ちゃん、わたしも手伝います」

「それじゃ、わたしが揚げるから、お皿にのせていってくれる？」

「はい」

フィナにわたしの手伝いをお願いする。それを見ていたルイミンもやってくる。

「ユナさん、わたしは？」

「……座っていて」

少し考えて、そう答えた。

「うぅ、酷(ひど)いです」

「冗談だよ。と言ってもやることはないんだよね」

天ぷらを作るだけなので、3人でやるほどのことじゃない。

「ルイミンには、今度手伝ってもらうから、くまゆるとくまきゅうと休んでいていいよ」

ルイミンがチラッと、丸まった子熊化したくまゆるとくまきゅうを見る。

「うぅ、凄く惹(ひ)かれる提案だけど。2人が夕食を作っているのに、わたしだけ遊んでいるわけには……」

そんなことを言いながら、子熊化したくまゆるとくまきゅうを見ている。

「それじゃ、食べ終わったら片づけをしてもらえる？」

「……わかりました。でも、準備も何か手伝えることがあったら言ってくださいね」

そこが妥協点となり、ルイミンはくまゆるとくまきゅうと遊びだす。

野菜を切って、卵と小麦粉をつけて、油で揚げる。素揚げでもいいけど、山菜があるので今日は天ぷらだ。

ニンジン、ジャガイモ、ピーマン、その他もろもろの野菜がクマボックスには入っている。クリモニアはもちろん、村、王都に行ったときにもたくさん買っている。だって、あとで買いに行くのが面倒だし、売っていない場合もある。あるときに買っておくのがわたしの主義だ。

そして、せっかくルイミンがいるので、食べたことがないであろうイカやタコも使い、森と海の幸の天ぷらも一緒に作ることにする。

ちなみに、クマ装備をしているので、油が跳ねても大丈夫だし、クマさんパペットをしているので、手に油がかかることもない。完全防備だ。


そして、無事に夕食の準備も終わり、天ぷらを食べながら会話をする。ルイミンは初めて食べる天ぷらに驚いていたが、美味(おい)しそうに食べていた。

「そうだ。ユナお姉ちゃん、ルイミンさんの村で何をしたんですか？　ルイミンさんにいくら尋ねても教えてくれないんです。ユナお姉ちゃんが村で何かをしたっぽいことを言うから、気になって」

「だって、話したら、笑い地獄かもしれないから」

ルイミンはニンジンの天ぷらを食べながらフィナの言葉に答える。

でも、どうなんだろう？　村での出来事を話したら笑い地獄になるのだろうか。

契約内容は「わたしの秘密を黙っててほしい」だ。

ムムルートさんの話では契約した当時のわたしの気持ち次第だと言っていた。秘密にしてほしいことを話すと、笑い地獄になる。

だから、当時のわたしが、エルフの村の出来事を秘密にしてほしいと思って契約魔法をしていれば、ルイミンは笑い地獄になる。

当時の気持ちを思い出してみるが、分からない。

「分からないから、試してみる？」

「いやです！」

大きな声でルイミンに断られた。実験をしてみたかったけど、ダメだったみたいだ。

わたしはルイミンの代わりに、簡単にエルフの村で起きたことと、わたしが関わったことを話した。


「ユナさんはフィナちゃんのことを信用しているんですね」

「うん、まあね。フィナは約束を破る子じゃないって、知っているからね。信用しているよ」

「ユナお姉ちゃん……」

フィナがわたしの言葉に嬉しそうにしている。

「でも、ユナさんが魔物を倒してくれたから村は助かったんです」

「魔物って、どんな魔物を倒したんですか？」

それを聞く？

説明するとき、言葉を濁したのに。

「それを聞いたら、フィナが大変なことになるかもよ」

話すってことはコカトリスのことを知ることになる。今までは驚かせると思って、自重してきたけど。知ることになれば、フィナにコカトリスの解体を頼むことができる。

「大変なことってなんですか!?」

「なんだろうね？　聞く？」

フィナはわたしの意味深な言葉に悩み始める。

「……うぅ、聞きたいです」

フィナは悩んだ結果、そう決めた。

わたしはヴォルガラスやコカトリスを討伐したことを話す。フィナはコカトリスと聞いた瞬間、食事の手が止まる。

「……ユナお姉ちゃん。もしかして、わたしにコカトリスの解体をさせるつもりですか？」

フィナは恐る恐る尋ねてくる。

「だって、わたしできないもん」

タリアさんの真似をしてみる。

「無理です！」

フィナの叫び声がクマハウスの中に響いた。

だから、知ると大変なことになるって忠告したのに。

417 クマさん、クマハウスで一泊する

食事を終えたわたしたちは、片づけをルイミンに任せ、わたしとフィナはくまゆるとくまきゅうのお腹を触りながら食後の休憩をする。ふかふかで気持ちいい。くまゆるとくまきゅうも気持ち良さそうにしているので、ＷＩＮ‐ＷＩＮだね。

ただ、隣でくまゆるのお腹を触っているフィナは何度も「コカトリスなんて、解体できないからね」と口にする。そうなると、解体は冒険者ギルド？　もしくはムムルートさんができるのかな？　元冒険者だし、長いこと生きているんだからコカトリスの解体の経験もあるかもしれない。でも、解体しても売り先のことを考えると冒険者ギルドのほうがいいかもしれない。だけど、騒ぎになりそうなのが問題だ。

目立たない方法としては国王に売り飛ばすことだ。国王にはいろいろ知られているから、コカトリスぐらい増えても今さらだ。それに素材の売り先のことも考えると、国王が一番いい案になる。

そんなことを考えながらくまきゅうのお腹をもふもふしていると、テーブルの上にのっている白クマさんパペットが「くぅ～ん、くぅ～ん」と鳴きだす。

「ユナお姉ちゃん、クマさんの手袋が鳴いています」

「クマフォンだね。シュリからかな？」

クマフォンを持っているのは、フィナ、ルイミン、シュリの3人だけだ。ここに2人いるってことは必然的にシュリからとなる。

わたしはクマさんパペットを嵌めて、クマボックスからクマフォンを取り出す。

「もしもし、シュリ？」

『ユナ姉ちゃん？』

「どうしたの？　なにかあった？」

『お姉ちゃんは大丈夫かなと思って、お父さんが心配していたから、お姉ちゃんの声が聞きたくなって』

「お父さんが心配？」

クマフォンに向かってフィナが尋ねる。

『うん、怪我をしていないかとか、魔物に襲われていないかとか、食事中、ずっと心配していたよ。お母さんとわたしはユナ姉ちゃんがいるから、大丈夫だよって言っても、ユナ姉ちゃんと離れ離れになって迷子になっていないかとか』

「お父さん……」

本当にゲンツさんは親バカになってしまったみたいだ。フィナやシュリみたいな可愛い娘ができればしかたないけど。過保護すぎるのも問題だね。

「えっと、お父さんはクマフォンのことは知らないから、心配しないでって言ってもダメだよね。……シュリ、お父さんとお母さんのことをお願いね。あと、クマフォンはわたしのには繋がらないみたいだから、何かあったらユナお姉ちゃんに伝えてね」

『うん、分かった。お姉ちゃんも気をつけてね』

通話も終わり、ルイミンがやってくる。

「ユナさん、洗い物終わりました。今、会話をしていたのはフィナちゃんの妹さんですか？」

「うん、シュリっていって、フィナにそっくりで可愛い女の子だよ」

性格は違うが2人とも可愛い女の子だ。

「シュリちゃんですか。今度、会ってみたいです」

ルイミンもシュリもクマの転移門を知っているから、どちらからでも会いに行ける。ルイミンをクリモニアに連れていってもいいし、シュリをエルフの村に連れていってもいい。

「そうだね。今度、どちらかを連れていけばいいからね」

「わたしはユナさんとフィナちゃんが住んでいる街に行ってみたいです」

「わたしはシュリと一緒にエルフの村を歩きたいです」

どっちも、お互いの住んでいる場所に行きたいみたいだ。

「クマの転移門があるから、お互いに行き来すればいいよ。頻繁には無理だけど、たまにはね」

「ユナさん、ありがとうございます。そのときはお願いします」

ルイミンとフィナは嬉しそうにする。

「それじゃ、そろそろお風呂に入って休もうか」

「普通は野宿でお風呂なんて入れないのに贅沢ですね」

「ユナお姉ちゃん、くまゆるちゃんとくまきゅうちゃんも一緒でいいですか？　一日乗せてくれたお礼に体を洗ってあげたいです」

「くまゆるとくまきゅう？」

わたしはくまゆるとくまきゅうに視線を向ける。

「どうする？」

わたしは本人たちに尋ねる。

すると「「くぅ〜ん」」と鳴いて、フィナに近寄る。

「一緒に入るって」

「それじゃ、ユナさんも一緒に入りましょうよ。別々に入ると時間ももったいないし」

「わたしはあとでいいよ」

一人でのんびりと入るほうがいい。

でも、ルイミンとフィナがわたしの手首をつかんで引っ張る。

椅子に座っていたわたしの体が浮く。

「背中流しますよ」

「わたし、髪を洗います」

さらにくまゆるとくまきゅうまで擦り寄ってくる。わたしはタメ息を吐く。

「分かったよ。一緒に入るから引っ張らないで」

わたしは4人を振りほどくことができず、5人でお風呂に入ることになった。

フィナとルイミンはくまゆるとくまきゅうだけでなく、わたしの背中や髪を丁寧に洗ってくれた。

もちろん、わたしもお返しに、2人の背中と髪を洗ってあげる。

たまには、みんなで入るのもいいかもしれない。

翌朝、2人はよく眠れたのか、わたしが起きるとすでに起きていた。

「早いね」

「はい、布団に入ったらふかふかで、気持ちよくて、すぐに寝てしまいました」

「本当はフィナちゃんとお話しでもしようと思ったんだけど、布団が気持ちよくてすぐに寝てしまったので、早くに目が覚めました」

ああ、たしかに布団がふかふかで気持ちよかったね。先日、布団を干したせいかな。干したあとクマボックスにしまったから、あのときの干したて状態が維持されていたのかもしれない。

そんなわけで、2人は布団に入るとすぐに寝てしまい、朝早く起きたみたいだ。

わたしは毎日、着心地のよいクマの服を着て、さらにくまゆるとくまきゅうの最高級の毛皮に囲まれて寝ている。気持ちよく寝ると、朝も気持ちよく起きられる。だからその気持ちはよく分かる。

でも、朝起きて、気持ちがいいまま身をゆだねると、2度目の睡眠に入ることもある。何度、二度寝をしたことか。

「布団を干したかいがあったよ」

わたしたちは朝食を終えると、ルドニークの街に向けて出発する。

ルイミンは「たしか、こっちだったはず」「あの山が見えるから……」「思い出せ、わたし！」など、不安な言葉を発しながら、進んでいく。

クマの地図で確認するとちゃんと同じ方向に進んでいる。ルイミンが迷ったと言うまで任せることにする。

わたしはくまきゅうの上でポテトチップスを食べたり、アイスクリームを食べたりしながら、周囲の風景を楽しむ。もちろん、2人にも分けてあげたよ。

「ここを進めば」

ルイミンとフィナを乗せたくまゆるが駆けだす。森を抜け、草原が広がる。どうやら、森を抜けたらしい。

「このまま進むと、道があるはずです」

わたしはくまゆるとくまきゅうに草原を走らせる。

「ユナお姉ちゃん。道があります」

ルイミンが言ったとおり、馬車などが行き来できる大きな道があった。

「こっちに進めばドワーフの街、ルドニークがあります」

先ほどまで不安そうにしていたルイミンは自信ありげに答える。

どうやら、ルイミンはやればできる子だったみたいだ。

「ルイミン、ドワーフの街ってどんなところなの？」

「えっと、ドワーフがたくさんいます」

「うん、それは当たり前だから」

なんとも、ルイミンらしい答えだ。

「もちろん、それだけじゃく、武器や防具を買いに冒険者が来たり、ドワーフが作った物を買い付けに来る商人もいますよ」

「前に来たときは何しに来たの？」

「成人したエルフに与える武器を買いに来ました。エルフの村を守るための武器です。男性のエルフは村を守る役目がありますから、成人するとお爺ちゃん……長（おさ）から武器が与えられるんです。それをお父さんと買いに来たんです」

そういえば、わたしがエルフの村へいったときもラビラタたちが森を見回っていたね。

エルフだと弓とかなら作れるイメージがあるけど、剣とかは作れないから、買いにいかないといけないのか。

流石(さすが)にエルフが剣を作るイメージは湧かないね。


それから街道を進み、くまゆるとくまきゅうが驚かれないように、すれ違う人を避けながら、ルドニークの街の近くまでやってきた。

「そろそろくまゆるとくまきゅうから降りて、歩いていこうか」

知らない街にくまゆるとくまきゅうに乗っていけば街の人を驚かせることになる。クリモニアならそんなことはないいんだけど、初めて行く街は気をつけないといけない。

「でも、歩いていったら、おかしいと思われないかな?」

「ルイミン、このあたりで町とか村とかある?」

近くに町や村があれば歩いていっても怪しまれない。

「その、ルドニークの街には近道でしか行ったことしかないので、周辺のことはわからないです」

ルイミンは申し訳なさそうにする。これはしかたない。それに、用がなければ数回しか来たことがない街の周囲のことなんて詳しく知ることはない。

わたしはパンパンと手の平を叩くように、クマさんパペットをボフボフと叩く。こういうとき、素手じゃないから困るよね。

「みんなに質問！　子供一人とエルフの女の子一人とクマの格好したわたしが歩いて街に入るのと、くまゆるとくまきゅうに乗って街の近くまで行くのとどっちが怪しまれない？」

クマさんパペットでフィナ、ルイミン、わたしと指し。最後にくまゆるとくまきゅうに視線を向ける。

わたしの質問に2人は自分たちを見る。どう見ても怪しい。統一性がない。これが3人ともエルフだったら、多少は怪しくは思われなかったはず。年齢も種族も格好もバラバラ。

ルイミンが手を挙げる。

「ユナさんがクマさんの服を脱げば大丈夫だと思います！」

「却下！」

わたしは即答する。

初めて行く街だ。なにがあるか分からない。誰かに絡まれるかもしれない。フィナとルイミンを守るのがわたしの役目でもある。ここで、クマの着ぐるみを脱げば、絡まれる可能性は低くなるってツッコミはなしだ。

「でも、くまゆるちゃんとくまきゅうちゃんと一緒に行くと驚かれますよね」

答えは出ず、どうしようかと相談しているとくまゆるが「くぅ〜ん」と鳴いて、後ろを見る。

くまゆるが見るほうへ視線を向けると、屋根付きの荷馬車が凄い速さでやってくる。

わたしがくまゆるとくまきゅうを道の端に寄せようとすると、馬車に乗っている人物が手を振っている姿がある。

あれは……もしかして？

馬車が近づいてくると速度が落ちて、目の前で止まる。わたしは御者台に乗っている人物に驚く。どうして、ここに？

「やっぱり、ユナちゃんだ」

「メルさん？」

御者台に座っているメルさんが、嬉しそうにわたしを見る。

「わたしの目に間違いはなかったわ」

「おい、メル！　いきなり馬車を走らせるな！」

御者台の後ろから、ジェイドさんが顔を出す。

「どうして、ジェイドさんとメルさんが？」

「わたしもいる」

セニアさんも顔を出す。そうなると、もう一人もいる。

「いてえな。腰をぶつけただろう」

馬車の中からトウヤの声もする。

どうして、４人がここに？

418 クマさん、ジェイドさんたちと再会する

メルさんとセニアさん、ジェイドさん、トウヤの順番で馬車から降りてくる。メルさんとセニアさんは真っ直ぐにくまゆるとくまきゅうのところにやってくると抱きつく。

「くまゆるちゃん、くまきゅうちゃんは、いつ見ても可愛いね」

「可愛い」

「「くぅ～ん」」

2人はくまゆるとくまきゅうを撫で回す。

「それで、どうして、ユナちゃんがここにいるの？」

くまゆるを撫でながら、メルさんが尋ねてくる。

「馬車の運転をしていたら、前のほうに黒と白のクマが歩いているし、その上に黒いのが乗っていれば、遠くからでも、ユナちゃんだって分かったわ。しかも、可愛い女の子を2人も連れて」

メルさんはフィナとルイミンに視線を向ける。

「たしかフィナちゃんだったよね。学園祭以来かな。わたしのことを覚えている？」

「はい、覚えています。そちらのジェイドさんも一緒に解体のお手伝いをしていました」

「覚えていてくれて嬉しいよ」

フィナの言葉にジェイドさんは嬉しそうにする。

フィナはタイガーウルフの討伐の依頼を受けるときに冒険者ギルドで会い、学園祭で魔物や動物の解体をする出し物のところで再びジェイドさんとメルさんに会っている。

「そっちの女の子は初めてかな？」

「ルイミンです。ユナさんにはお世話になっています」

ルイミンは頭を軽く下げて自己紹介をする。

「ユナちゃん、また新しい女の子を増やしたの？」

「人聞きの悪い。なんですか。その新しい女の子を増やしたって」

「だって、学園祭のとき、可愛い女の子をたくさん連れていたでしょう」

メルさんは思い出すように言う。たしかに、あのときはフィナ、シュリ、ノア、ティリアを連れていた。シアとミサは見られていないはず？

「それにカリーナちゃんにも好かれていたようだし」

それを言われると何も言えなくなる。

フィナが小さな声で「カリーナちゃん？」と口にしていた。

「それで、どうしてユナはこの子たちを連れて、ここにいるんだ」

話がずれてしまったのをジェイドさんが改めて尋ねてくる。

「それは……」

わたしは言いよどむ。

クマモナイトのことを話してもいいんだけど。詳しく聞かれると面倒だ。そうなると、返答は限られてくる。

「ドワーフの街の見学と鍋を買いに……」

「街の見学？」

「鍋を買いに？」

「しかも、フィナちゃんを連れてクリモニアから？」

ジェイドさんを含む、全員が呆れたような目でわたしを見る。

分かっているよ。街を見学するためや、鍋を買うためにクリモニアからルドニークの街へ行く人なんていないよね。だから、そんな目でわたしを見ないで。

「そう言うジェイドさんたちは、どうしてここにいるの？　王都を中心に仕事をしているんだよね？」

「俺たちはトウヤのミスリルの剣を買いにルドニークの街へ行くところだ」

そういえば砂漠で会ったときに、トウヤのミスリルの剣を買うと言っていたね。でも、ミスリルの剣は王都だって買える。わざわざ、こんなところまで買いに来なくてもいいと思うんだけど。

そのことについて尋ねると、トウヤが慌てだす。

「ああ、それはね」

「待て、言わないでくれ」

トウヤは話そうとするメルさんを止めようとするが、メルさんは面白がるように話し始める。

「えっと、ユナちゃんがミスリルナイフを作ってもらったガザルさんって鍛冶職人がいるでしょう。そのガザルさんにトウヤが『俺の武器も作ってもらう』って言い出したのよ。まあ、トウヤのミスリルの剣を作る予定だったから、そこまでは問題なかったのよ。でも、ガザルさんに断られたのよ」

「うわあああ、言わないでくれって言ったのに」

頭を抱えるトウヤ。

「ガザルさんが？　わたしのナイフを作ってくれたし、断るような人には思えないんだけど」

わたしがミスリルの材料を持っていって、普通に頼んだら作ってくれた。別に見た目で断ったりはしないと思うんだけど。

「正確にはガザルさんに追い出されたんだけどね」

「追い出された？」

意味が分からない。追い出されたってことは、つまり作るのを断られたってことと同じだよね。

「トウヤが店の入り口にあったゴーレムの置物にびびって」

「びびっていない。驚いただけだ」

「どっちも同じよ。それで、ゴーレムに驚いたトウヤは後ずさって、後ろにあった武器や防具を倒しちゃったのよ」

　そんな漫画みたいなことを、リアルでやる人がいるとは。

「それでガザルさんが『冒険者がゴーレムに驚いてどうする！』って言って怒って」

「そんなことを言われても、あんなところにアイアンゴーレムが立っていれば普通は驚くだろう」

　そのアイアンゴーレムって間違いなく、わたしがプレゼントしたものだよね。

　ガザルさんに聞いたときは冒険者に好評だって言ってたはずだけど。トウヤみたいに驚く冒険者もいるんだね。

「ガザルさんは、驚いたのはトウヤだけだって言っていたわよ」

「うぅ、それは店に置いてある剣に目を奪われていたからであって……いきなり、目に入って……」

「周囲に気を配るのも冒険者には必要な資質」

「うぅ」

「あと、ガザルさんは優秀な職人で有名だから、人を選んだのかもしれないわね」

「きっと、トウヤを見た瞬間。ダメと思った」

言い訳をするトウヤをメルさん、セニアさんは面白がるようにいじる。トウヤは言われるたびに落ち込んでいく。

「どうして、俺がダメで、このクマの嬢ちゃんはいいんだよ」

トウヤはわたしを指さす。

「トウヤ、現実をしっかり見たほうがいい。ユナの実力は優秀。トウヤの実力は悲しい」

セニアさんが悲しい表情をする。どうやら、トウヤの実力を顔で表現しているらしい。

「悲しいってなんだよ。俺の実力は悲しくはない」

わたしはトウヤが可哀想になったので、少しフォローすることにする。

「たぶん、ガザルさんがわたしに作ってくれたのはクリモニアにいる知り合いの鍛冶屋さんの紹介状があったからだよ」

「それだ！　それが俺との差だ」

「違うと思うぞ」

「違うと思う」

「違う」

わたしがせっかくフォローしたのに、ジェイドさん、メルさん、セニアさんが速攻で否定する。

まあ、わたしも違うと思うけど。

「でも、ガザルさんのところじゃなくても、王都にも鍛冶屋はあるよね。わざわざ、ここまで来ることはないと思うけど」

わたしは王都の鍛冶屋はガザルさんのところしか知らないけど。王都ぐらい広ければ、鍛冶屋が一つだけのはずがない。

「まあ、あることはあるけど。ミスリル鉱石の扱いは難しいから、ミスリルの武器を作れる職人は少ない。他の鍛冶屋に頼んでもよかったんだが、知り合いの商人からルドニークの街での仕入れを頼まれて、ついでだからルドニークの街で剣を作ることにしたんだ」

それがここにいる本当の理由みたいだ。

つまり、トウヤの剣はおまけってことだ。

「それに俺の剣とセニアのナイフはルドニークの街で作ったから、ちょうどいいと思ってな」

ジェイドさんは自分の腰にある剣に視線を向ける。

ジェイドさんたちから経緯を聞いていると、くまゆるとくまきゅうが小さく鳴く。周囲を確認すると馬車がやってくるのが見える。そのことにジェイドさんたちも気付く。

「そろそろ、移動するか。宿屋の確保もあるし、話なら街に入ってからでもできるからな」

「わたし、くまゆるちゃんに乗っていく」

「わたしはくまきゅうに乗る」

「ユナちゃんたちは馬車に乗って」

メルさんとセニアさんがそんなことを言って、くまゆるとくまきゅうに乗ろうとする。

いや、無理だから。

「ユナに迷惑をかけるな」

「そのことなんだけど」

わたしはくまゆるとくまきゅうに乗っていくか、歩いていくか、相談していたことを話す。

「たしかに目立つな」

ジェイドさんはくまゆるとくまきゅう、それからわたしを見る。どうやら、今の言葉にはわたしも含まれているみたいだ。

だから、近くに村や町があればそこから歩いてきたことにするつもりでいたことを話す。

「たしかに村が近くにあるから、歩いていく者もいる。でも……」

ジェイドさんは今度はフィナ、ルイミン、わたしと見る。どうやら、わたしはこっちのグループにも入っているみたいだ。

まあ、10歳の女の子、エルフの女の子、クマの女の子（大人）の3人じゃ村から来たようには見えないよね。

「なら、俺たちの馬車に乗っていけばいい」

「いいの？」

「ああ、ユナには世話になったからな」

わたしはジェイドさんの厚意に甘え、馬車に乗せてもらう。くまゆるとくまきゅうにはここまで乗せてくれたお礼を言って送還する。

メルさんとセニアさんは名残惜しそうにくまゆるとくまきゅうを見送る。後ろを振り返れば、フィナもルイミンも少し悲しそうにしている。

なんか、クマ好きが増えていない？

まあ、くまゆるとくまきゅうは可愛いから、しかたないけど。

わたしたちは馬車に乗せてもらい、ルドニークの街へ向かう。

419 クマさん、ルドニークの街に入る

馬車の御者台にはジェイドさんとトウヤが座り、馬車を運転する。他のメンバーは後ろの荷台に乗る。

「でも、本当に鍋を買いに行くの？」

メルさんは、わたしでなくフィナとルイミンに尋ねる。わたしの言葉が信じられないのかな？

「はい。お母さんにお鍋を頼まれました」

「わたしも、お母さんや村のみんなに頼まれました」

フィナとルイミンはわたしの言葉を肯定してくれる。そんな2人の言葉を聞いて、メルさんはため息を吐く。

「本当なのね。ユナちゃんのことだから、てっきり仕事だと思ったのに。凶悪な魔物がいるとか」

「そんなところに行くなら、フィナたちは連れていかないよ。それになんですか、その凶悪な魔物って」

「だって、ユナちゃんが行く先々にとんでもない魔物がいるでしょう？　ゴブリン討伐に行けば、ゴブリンキングに遭遇。それからブラックバイパーでしょう」

メルさんは指折り数えながら、答えていく。

「ブラックバイパーは違うよ」

「でも、自分から向かったでしょう」

「それは……」

「さらに、バーボルドたちが倒すこともできなかったゴーレムもいたし」

指がまた一本、折れ曲がる。

一瞬、バーボルドって誰？　って思ったけどゴーレムって単語でバカレンジャーのことだと思い出した。

「それに、カリーナちゃんの件もそうだし」

メルさんは巨大なスコルピオンのことを言っているみたいだ。

それにメルさんが知らないところでは魔物1万匹、クラーケン、ワイバーンまでいる。そう考えると、わたしが行く先々で強力な魔物が現れているね。

だからと言って、それはわたしが呼び寄せているわけじゃないよ。ほとんどが人助けだ。

「ユナさん、そんなに魔物と戦っていたんですか？　わたしの村のところも含めると……」

ルイミンはメルさんとセニアさんに聞こえないように呟(つぶや)く。

おかしいな。

もしかして、わたしって不運を運んでくる存在？

いや、違うよね。もともと、魔物がいたところにたまたま、わたしが向かっただけだ。

だから、決して、わたしが魔物を呼び寄せているわけではない。

「ユナちゃん、冗談よ。そんな、真剣に悩まないで」

メルさんがわたしのほっぺを突っつく。

「ユナちゃんに救われた人がたくさんいることは忘れちゃダメだよ」

「ユナはもっと自慢していい」

神様からもらったクマ装備のおかげなのに、自慢するわけにはいかない。

「目立ちたくないから、しないよ」

「こんな可愛い格好しているのに、目立ちたくないの？」

「ユナの格好、可愛い」

「わたしも可愛いと思います」

「はい、わたしも」

メルさんの言葉にセニアさん、ルイミン、フィナまでが同意する。

その可愛いクマの格好も神様のせいだ。

「それと、ユナちゃん。あらためてスコルピオンの素材、ありがとうね。防具がいい感じに作れたわ」

メルさんはカリーナの話で思い出したようで、腕を曲げると、袖口を捲り、手首を見せてくれる。そこには銀色の籠手のようなものが着けられていた。

「あのスコルピオンの甲殻で作ったの？」

スコルピオンは銀色ではないので、彩色したみたいだ。

「ええ、加工してもらったの。強度が高いのに軽いから、魔法を使うわたしでも邪魔にならないわ。まあ、わたしは接近して戦うことはないから、必要はないんだけど。もしものことを考えるとあったほうがいいからね」

「わたしは手首と足に作った」

セニアさんが手首と足を見せてくれる。セニアさんの防具は黒い。

「トウヤを蹴るのに便利」

「蹴るためのものじゃないだろう！」

御者台に座っているトウヤが声をあげる。どうやら、話が聞こえていたらしい。

「でも、今まで着けていた防具より軽いから、動きやすくなったよ」

ジェイドさんが御者台の上で腕をクルクルと回す。どうやら、ジェイドさんも装備しているみたいだ。

「あと、知り合いの鍛冶職人が欲しいっていったから、余った甲殻は売っちゃったけど、よかったんだよね？」

「あれはメルさんたちにあげたものだから、好きにしていいよ」

ジェイドさんたちにあげた分以外のわたしが持っている巨大なスコルピオンは手つかずだ。

わたしはチラッとフィナのほうを見る。小さなスコルピオンは解体したし、巨大なスコルピオンもできるかな？

想像をしてみる。自分の身長以上のスコルピオンを解体するフィナ。

うん、無理だね。失敗したら、甲殻に押しつぶされてしまう。

「まあ、そのおかげでトウヤのミスリルの武器の資金の一部ができたんだけどね」

それはなによりだ。

「トウヤはユナちゃんに感謝しないといけないね」

「うぅ」

「ほら、ユナちゃんにありがとうって」

「うぅぅぅ」

後ろ姿だけど、悩んでいるのが分かる。

「別にいいよ。あれは口止め料ってことであげたんだから、約束さえ守ってもらえれば」

でも、トウヤは関係なく口を開いた。

「じょう、嬢ちゃん。あ、ありがとうな」

そんなに恥ずかしいなら、言わなくてもいいのに。

それに、魔石との交換でもある。だから、お礼を言われるようなことではない。

でも、もしかして、わたしが思っている以上に高く売れたとか？


そんな話をしていると、馬車はルドニークの街の入り口までやってくる。

街の入り口で、水晶板にギルドカードをかざして中に入る。そのときに、わたしの格好を見た門番のドワーフが長い髭(ひげ)を触りながら、怪訝(けげん)そうな顔をしていたけど、無事に街に入ることができた。

これもジェイドさんたちと一緒のおかげかな？


馬車は進み、街の中に入っていく。

ルドニークは鉱山に作られた街だ。山が2つあり、その2つの山の麓に街が広がる感じになっている。

ドワーフが住む街だから、石造りの家が多いのかと思ったけど、そんなことはなく、普通の建物も多い。

「もしもの場合があるから、鍛冶屋は石造りの建物が多いわよ」

それって火事ってことかな。鍛冶屋は火を使う仕事だ。火事になり、周りの家に火が移ったら大変なことになる。

木造だと燃えやすいから、昔の人の知恵なのかもしれない。

「それにしても、ドワーフは背が低いから、大人なのか、子供なのか遠目だと分からないな」

トウヤが呟く。

馬車から外を覗(のぞ)くと、トウヤの言葉じゃないけどドワーフがたくさんいる。背が低いので、遠くから見ると子供と見間違えてしまう。

男性は髭を生やしているので分かりやすいが、女性は少し分かりにくい。

「だからといって、本人の前で絶対に言うなよ」

「言うかよ」

どうやら、ドワーフの前で身長については禁句らしい。


ジェイドさんは馬車を預けるために中心街から離れていく。

街には馬車や馬を預ける場所がある。お金はかかるが、預けておけば馬の面倒を見てくれる。

宿屋によっては預かってくれるところもあるが、スペースの問題があり、馬車を預けられない宿屋のほうが多い。

だから、馬車や馬を預かる仕事が成り立つ。

もし、期限までに引き取りに来なければ、売られてしまうらしい。

馬車は大きな納屋のような場所に止まる。

「それじゃ、馬車を預けてくるから、降りてくれ」

わたしたちはジェイドさんの言葉に従い、馬車から降りる。

ジェイドさんは納屋の中に入っていき、馬車を預けてくる。

「それじゃ、宿に向かうか」

馬車を預けたジェイドさんを先頭に宿屋へ向かう。

「宿屋は遠いの？」

あまり、長く歩きたくない。やっぱりというべきか、すれ違うドワーフからも「くま？」「クマ？」「熊？」と囁(ささや)かれている。

ドワーフから見てもクマの着ぐるみは、やっぱり珍しいみたいだ。

「宿は近くにあるが、空いていなかったら、歩くことになる」

それはしかたない。

馬車を預ける場所から近い宿屋ほど、埋まっていく。そして、一番近い宿屋は部屋が1つしか空いてなく。次の宿屋に行くことになった。

わたしたちは部屋を3つ取ることになっている。ジェイドさんとトウヤ。メルさんとセニアさん。そして、わたし、フィナ、ルイミンの3部屋になる。

メルさんはわたしたちと同じ部屋にしようとしたが、丁重にお断りした。

そして、次の宿屋で無事に部屋を確保できた。

「うぅ、ユナちゃんと同じ部屋がよかったのに」

「くまゆるとくまきゅうがもれなくついてきたのに」

メルさんとセニアさんが残念そうにする。ちゃんと部屋が空いていてよかった。同じ部屋にならなくてすむし、他の宿を探さないですんだ。

わたしたちは3人部屋を借りて、部屋を確認する。

「ユナお姉ちゃん、宿代は本当によかったんですか？」

「お金なら、お母さんから預かっているよ」

わたしがフィナとルイミン2人の宿代を支払ったことを気にかけている。

「別に気にしないでいいよ。フィナを連れてきたのはわたしだし、ルイミンは町まで案内してくれたしね」

「ユナお姉ちゃん、ありがとう」

「ユナさん、ありがとうございます」

そもそも、初めから2人に宿代にしろ食事代にしろ、払わせるつもりはない。お金を払うのは大人であるわたしの役目である。

わたしたちは部屋を確認すると、早めの夕食をいただく。

宿屋を経営しているのは、もちろんドワーフだ。当たり前だが、全ての住民が職人ってわけじゃない。農業をする者もいれば、宿屋を経営する者もいる。

そもそも全員が鍛冶職人だったら、大変なことになる。

「ああ、腹が減った。早く注文しようぜ」

全員、トウヤの言葉と同感なので、食事を注文する。

「ユナちゃんは明日は鍋を買いに行くんだよね？」

「行くけど、鍛冶屋にも行く予定だよ」

「鍛冶屋？」

「ガザルさんから師匠への手紙を預かっているから」

手紙を渡しに行く予定になっている。

わたしの口からガザルさんの名前が出ると、トウヤが嫌なことを思い出したかのような顔になる。

「ガザルさんの師匠って誰だい？」

「えっと、たしか。ロージナっていったかな？」

わたしは思い出しながら答える。

「ロージナ？　もしかして、あのロージナ？」

「ジェイドさん、知っているの？」

あのロージナと言われてもわたしには分からない。

「有名な人だよ。この街でも3本の指に入る鍛冶職人だよ。そうか、ガザルさん、ロージナさんのお弟子さんだったんだね。それなら、あの技術も分かるね」

どうやら、ガザルさんの師匠はこの街では有名らしい。

「それじゃ、トウヤの剣もロージナさんのところで作るの？」

「いや、俺たちのミスリルの武器を作ってもらった鍛冶屋に行くつもりだ。いきなり俺たちが行ってもロージナさんが作ってくれるわけがない。それに、話によると、1か月に1本しか作らないって話だし」

「そうなの？」

「まあ、噂だけどね。作って満足がいかなかったら、破棄するって話だし」

どこの陶芸家よ。わたしの頭の中で、満足がいかない皿などを叩き割る陶芸家の姿が浮かぶ。

鍛冶屋だから、溶かすのかな？

「そんな有名な鍛冶屋さんなんだ」

「でも、ユナちゃんなら、ガザルさんの知り合いだから作ってもらえるかもよ？」

う〜ん、武器ならガザルさんにナイフを作ってもらったから不要だ。でも最近、普通の剣も欲しいかなと思い始めている。でも、作ってもらうならガザルさんにお願いするつもりでいる。

それにそんな有名な職人が、わたしみたいなクマの格好をした女の子に作ってくれるとは思えないし。

420 クマさん、鍛冶屋地区に向かう

わたしたちは今後の予定を話す。

わたしはガザルさんとゴルドさんの師匠であるロージナさんに会いに行く予定だ。あとは鍋やフライパンを買いに行くのと、街の見学をしようと思っている。細かい日程は決めていないが、数日間は街にいるつもりでいる。

ジェイドさんたちの予定はトウヤのミスリルの剣を作る、商人に頼まれている物を仕入れる、などとやることがいくつかあり、ジェイドさんたちも数日間、街にいることになるらしい。

ガザルさんの師匠であるロージナさんの鍛冶屋が、ジェイドさんたちが行く鍛冶屋の近くにあることもあって、明日はジェイドさんたちと一緒に行くことになった。


夕食を終えたわたしたちは部屋に戻ってきた。

メルさんとセニアさんが一緒に寝たそうにしていたが、丁重に断った。

「それじゃ、明日は早いから、2人とも夜更かしはしちゃダメだからね」

「は～い」

「はい」

わたしは一応、安全対策と目覚ましのため、子熊化したくまゆるとくまきゅうを召喚する。

すると、フィナとルイミンがくまゆるとくまきゅうを見ている。

「ユナさん、くまゆるちゃんと一緒に寝ていいですか？」

「わたしも」

まあ、わたしは毎日一緒に寝ているから、たまには2人に譲ってあげることにする。

2人は嬉しそうにベッドの上に連れていく。

いつも大人しく我が儘も言わないけど、こうやってみるとフィナも10歳の子供だと再認識する。

そして、くまゆるとくまきゅうの抱き心地がいいのか、2人は布団に入ると早々に眠りについた。


翌朝、先に起きたフィナとルイミンが起こしてくれる。

なんでも、くまゆるとくまきゅうに肉球パンチで起こされたそうだ。ちゃんと、くまゆる、くまきゅう目覚まし時計は発動し、フィナとルイミンを起こしたみたいだ。

2人は気持ちいい目覚めだったという。どうやら、くまゆるたちはお腹にジャンプしたり、顔に覆い被さったりはしなかったようだ。あれは苦しいからね。

くまゆるとくまきゅうを送還し、わたしたちは着替えて1階の食堂に移動する。

食堂にはすでにメルさんとセニアさんの姿があった。わたしたちは同じテーブルに座り、朝食を注文する。

「うぅ、羨ましい」

「2人ともずるい」

フィナとルイミンから、くまゆるとくまきゅうと一緒に寝た話を聞いたメルさんとセニアさんは羨ましそうにしていた。

そして、食事が運ばれてくるころ、ジェイドさんと眠そうなトウヤの2人がやってくる。

話によるとジェイドさんとトウヤは遅くまでお酒を飲んでいたらしい。

そういえば、ゲームや小説だとドワーフはお酒が好きって設定があるけど、やっぱり、この世界のドワーフも酒飲みなのかな？

もし、地酒があったら、ガザルさんとゴルドさんに買っていってあげるのもいいかもしれない。


そして、朝食を終えたわたしたちは鍛冶屋に向かう。

わたしはクマさんフードを深く被り、ルドニークの街並みを見ながら歩く。視線を気にしないで歩く方法だ。

「…………」

周囲を見てから、チラッとわたしを見るメルさん。

「…………」

無言でわたしを見るセニアさん。

「みんな見ているな」

呟くジェイドさん。

「嬢ちゃん、その服を脱いだらどうだ？　嬢ちゃんがクマ好きなのは分かるが、毎日着なくてもいいと思うぞ」

クマさんチートのことを知らないトウヤは周囲の視線を気にしながら、そんなことを言いだす。もしものことがあるから、クマの服は脱ぐことができない。

なにより、クマ装備がなければ、わたしは無力だ。

「トウヤ、なにを言っているの!?　クマの服を脱いだら、ユナちゃんじゃなくなるでしょう」

メルさんはトウヤの言葉に怒り、セニアさんは無言でトウヤのお尻を蹴り飛ばす。

庇ってくれて嬉しいような。でも、クマの服を脱いだら、わたしじゃなくなるって、それも酷いような気がする。たしかにクマ装備をはずせば、フィナよりも体力がない一般人になってしまうけど。

「なんだよ。目立つから言っているだけだろう。みんな、見ているんだぞ」

たしかに見られている。クリモニアではジロジロと見られることは少なくなったが、新しい街に行くと、興味、驚き、珍しさなどのさまざまな視線を向けられる。ドワーフの子供からも「くまさんだ〜」と指をさされたりする。クマの着ぐるみ姿は、どこでも同じような反応をされる。

トウヤはその視線や反応が気になるらしい。

「だったら、わたしは一人で離れて歩くよ」

わたしと一緒にいるのを嫌がるなら、一緒にいようとは思わない。寂しいけど、一人で少し離れて歩けばいいことだ。ボッチを舐めないでほしい。

「何を言っているのよ。ユナちゃんにそんなことをさせるわけがないでしょう。目立つのが嫌なら、トウヤが一人で歩けばいいのよ。わたしはユナちゃんと一緒にいるわよ」

「わたしも」

「わたしもユナお姉ちゃんと一緒に歩きます」

「わたしもユナさんといますよ」

「みんな……」

メルさんがわたしに肩から抱きつき、セニアさんが後ろから抱きつき、フィナが手を握り、ルイミンが答えてくれる。

みんなの言葉に嬉しくなる。

トウヤはそんな女性陣の言葉にたじろく。トウヤは助けを求めるようにジェイドさんを見る。

「俺もユナと歩くぞ。俺は別に気にならないからな」

「ジェイド〜〜〜」

同じ男性であるジェイドさんにも裏切られ、トウヤは少し離れて、一人で歩くことになった。

「それにしても人が多くないか？」

「そうね。前に来たときより多いわね」

「冒険者と商人が多い」

周囲を見ながらジェイドさんとメルさん、セニアさんが会話をしている。

たしかにドワーフだけじゃなく、普通の人たちも多くいる。わたしはてっきり、いつもこんな感じなのかと思っていた。

「普通に買い出しに来ただけじゃないの？」

「う〜ん、それでも、多いような」

ジェイドさんは周囲を不思議そうに見ている。

ここで考えても答えは出ないので、話は終わり、鍛冶屋が並ぶ区域にやってくる。ここの一角に鍛冶屋が集まっているらしく、いろいろな場所からカンカンと鉄を叩く音が聞こえてくる。

こんな音が住宅街で鳴ったら昼寝もできない。だから、1か所に集まってるのかな。

もし、住宅街にあったら、絶対に引っ越し案件だね。

「ジェイドさんがミスリルの剣を作ってもらった鍛冶屋は有名なんですか？」

ミスリルの武器を作るのは難しいと聞く。だから、それなりの技術を持った職人なのかもしれない。でも、ジェイドさんの返答は違った。

「さあ、どうだろうね。この街の鍛冶職人はみんな優秀だからね」

「そこは一番優秀って言うところだろう」

「そうなの？」って尋ね返そうとしたら、それよりも先にジェイドさんの言葉に返す者がいた。

ジェイドさんは驚いたように周囲を見て、言葉の主を発見すると、驚きの表情を浮かべる。

「クセロさん？」

「ジェイド、久しぶりだな。俺が作った剣でも折ったか？」

立派な顎髭（あごひげ）を生やしたドワーフがニカッと笑う。

「折ってませんよ」

「それにしても面白い格好をした嬢ちゃんを連れているな」

ジェイドさんがクセロさんと呼んだドワーフがわたしのことを見る。

「後ろから見たとき、何かと思ったぞ。クマの格好なんだな」

クセロさんがわたしのことをじっと見る。とりあえずは自己紹介をしておく。

「えっと、ユナです。ジェイドさんにはお世話になっています」

「俺はクセロ。鍛冶職人だ。ジェイドからすると一番じゃない鍛冶職人みたいだがな」

「クセロさん……、俺は一番と思っていますよ」

「ふん！　お世辞はいらん。俺は俺が作った剣を大切に使ってくれれば、それだけでいい」

「ちゃんと、大切に使っていますよ」

ジェイドさんは腰にある剣に軽く触れる。

「わたしも使っている」

セニアさんも答える。

2人の答えにクセロさんは嬉しそうにする。

「それでどうして、ジェイドたちがこの街にいるんだ？　それにその子供たちはメルの娘か？」

わたしたちのほうを見ながら言うけど、わたしは入っていないよね？

「わたしは、そんな年じゃないわよ」

メルさんはクセロさんの髭を引っ張って否定する。

「ふふ、それはすまない。あと、そっちのエルフの娘は見覚えがあるな」

「ルイミンです。前にお父さんと一緒に剣を買いに来ました」

「ああ、アルトゥルと一緒にいた娘か」

2人の会話からすると、どうやら前に武器を買いに来たとき、クセロさんのところで買ったみたいだ。

世間は広いようで狭いね。これでガザルさんの師匠がクセロさんだったら、狭すぎるけど。

「もしかして、剣を買いに来たのか？」

「今日はお母さんに頼まれて鍋を買いに来ました」

「……鍋か……本当なら俺が作ってやりたいが、武器専門でな」

クセロさんが謝罪をするがそれはしかたない。同じ金属を扱うにしても、分野が違う。材料は近くても作り方が違う。

「それで、そのクマの格好をした嬢ちゃんとそっちの嬢ちゃんは、エルフじゃないみたいだが」

「クマさんの格好をしているのがユナさんで、こっちはフィナちゃんです。わたしの友達です。別の街に住んでいますが、一緒に来ました」

どうやら、ルイミンと友達になっていたらしい。

気恥ずかしいけど、否定をするつもりもないので、わたしとフィナは、そのまま挨拶をする。

「嬢ちゃんたちのことは分かったが、どうしておまえたちがエルフの嬢ちゃんと一緒にいるんだ？　まさか、俺のところに鍋を買いに来たわけじゃなかろう」

「違いますよ。今回はトウヤの剣を作ってもらおうと思って」

ジェイドさんは少し離れたところでわたしたちのほうを見ているトウヤに視線を向ける。

「トウヤの？　それで、どうしてあいつは一人であそこにいるんだ？」

クセロさんはチラチラとわたしたちのほうを見ているトウヤに視線を向ける。

これが某ゲームだったら「トウヤは仲間になりたそうにこちらをみている！」とかになって、「仲間にする」「仲間にしない」の選択肢が出てきそうだ。

ジェイドさんは、そんなトウヤを見て、小さくため息を吐く。

「トウヤ、いい加減にこっちに来い！」

ジェイドさんは「仲間にする」の選択肢を選んだ。

トウヤはジェイドさんに呼ばれると嬉しそうにやってくる。どうやら、一人で寂しかったらしい。

「まあ、詳しい話は店のほうで聞く」

クセロさんは歩きだし、その後をわたしたちもついていく。

クセロさんのお店は大きく、石造りだった。お店の中から鉄を叩く音が聞こえてくる。

店の中は鍛冶屋らしく、壁には剣やナイフが飾られている。

ゴルドさんやガザルさんのお店にも飾ってあったけど、数が多いような気がする。ミスリルの剣もあるのかな？

「それで、トウヤの剣を作ればいいのか？」

「お願いできますか？」

「そこにある剣じゃダメなんだな」

壁に飾ってある剣に目を向ける。

「ミスリルの剣をお願いしようと思って」

「ミスリルか」

　クセロさんはトウヤを見る。

「トウヤの頼みじゃあれだが、ジェイドの頼みなら作ってやらないこともない。でも、トウヤにミスリルの剣を扱えるのか？　使いこなせないなら、俺は作らないぞ」

「ギリギリってところかな。あとはトウヤ次第だと思っている」

「ギリギリか。ジェイドがそう言うなら、とりあえずは見てやる。それから、作るかどうか判断する」

　見てやるって、なにをするのかな？

　ガザルさんがナイフを作ってくれたときみたいに、手を見るの？

　漫画とかでは血豆ができるほど剣を振っているとか、手の皮膚が硬いとかで判断したりすることもあるけど、そんな感じなのかな？

　もし、それが判断基準なら、わたしのプヨプヨの柔らかい手では絶対に作ってもらえないよね。

　頼んだのがガザルさんでよかった。

421 クマさん、トウヤの試験を見学する

「トウヤを確認する前にジェイドに聞きたいが、もうどこかと契約はしたのか？　もし、していないようなら、俺と契約をしないか？」

「……契約？」

ジェイドさんはクセロさんの言葉を聞き返す。ジェイドさんや他のメンバーを見ても意味が分からなそうにしている。

「なんだ。知らないのか？」

「俺たちは、昨日ここに着いたばかりで、宿屋に泊まったあと、そのままこっちに来たので」

「ジェイドはこの街にある試しの門のことは知っているか？」

試しの門？　なんだろう？　面白そうな響きなんだけど。

「試しの門？　……ああ、あれか」

ジェイドさんは一瞬考え込むが、すぐに何かを思い出したように、小さく頷(うなず)く。

「そういえば、この街にはそんなものがあったわね」

「ああ、たしかにあったわね」

「忘れていた」

メルさんやセニアさんも分かったみたいで、みな納得している。だけど、わたしやフィナ、ルイミンの3人は分かっていない。

「その試しの門ってなに？」

分からないので尋ねることにする。

わたしが尋ねると、ジェイドさんたちが説明してくれる。

なんでもこの街には試しの門といわれる門があるという。その試しの門は年に一度、鍛冶職人の腕を確かめるために数日間開くのだという。鍛冶職人が1年の間にどれだけ成長したか、見習い職人たちの実力を試す場でもあるという。

「だから冒険者が多かったわけか」

「それで、なんで冒険者が多くなるの？」

「当たり前だろう。鍛冶職人は剣を作る者。冒険者は剣を使う者だ」

クセロさんが言うには、試しの門では武器を作った鍛冶職人と剣を扱う人が必要らしい。たしかに鍛冶職人は魔物や動物、人と戦ったりしないよね。剣を扱うのは冒険者や剣士の仕事だ。

「それでジェイド。俺が作った剣で参加しないか。簡単な剣の試し切りと思ってくれていい」

「参加してもいいけど、クセロさんなら、俺に頼まなくても、贔屓にしている冒険者ぐらいいるのでは？」

「ああ、毎年、頼んでいる冒険者がいる。今年もその冒険者に頼んでいたんだが、数日前に怪我をしたと連絡があった。他の知り合いの冒険者はすでに他の鍛冶屋と契約しているか、連絡が取れない状況だ」

それでジェイドさんってわけか。

「初めは参加しなくてもいいと思ったが、自分の腕が鈍っていないかの確認は必要だと思ってな。それに、タイミングよくジェイドが現れたんだ。これは頼むしかないだろう」

長年参加している鍛冶屋のほとんどが、毎年同じ人物に頼むという。その理由は人や実力によって差が出てしまうからだ。同じ武器でも、扱う者によって変わる。

その試しの門で自分の技術を確認する。成長している。衰えている。その結果次第で最悪、引退を考える者もいるという。

もちろん、冒険者にも成長もあれば衰えもあるが、それを言ったらきりがない。

鍛冶屋の中には、自分の剣を誇示するために、優秀な冒険者に頼む者もいると説明してくれた。

「クセロさんは一番は目指さないんですか？」

「俺はお前たちを相手にしているぐらいでちょうどいい。王族に献上品を作れとか、騎士様に最高の剣を作れとか言われても、面倒くさいからな。そんな仕事は欲しい奴にくれてやるさ。俺は好きなように作って、その中で良いものが作れたら、それが俺の喜びだ」

ニカッと笑うクセロさん。

そうだよね。一本、良い剣が作れたからといって、2本目も良い剣が作れるとは限らない。

そんなにポコポコと最上級の武器が作れたら、世話はない。

それに作れと言われて作れるものじゃないだろうし。

「一生涯かけて、最高の一本を作るのもいい。俺のように冒険者のためにいろいろと作るのもいい。まあ、人それぞれさ」

長い髭を触りながら話す姿に、長年積み上げてきた信念を感じる。

「わかりました。俺でよければ契約しますよ」

「助かる」

話も終わり、トウヤの実力を確かめることになった。

クセロさんが歩き始めると、ジェイドさんがわたしに話しかけてくる。

「ユナはどうする？　ロージナさんのところへ行くなら、メルに案内させるが」

う～ん、どうしようか。

個人的にはクセロさんがトウヤをどのように判断するかは見てみたい。わたしの想像するとおりに手を見るだけなら、ここでいいはずだ。でも、歩きだしたってことは違うみたいだ。

なにか、判断基準があるなら、今後のために知りたい。

「トウヤが合格がもらえるか気になるから、見てからにするよ」

ロージナさんのところへ行くのも、別に急ぐ必要もないし。

「フィナもルイミンもいい？」

「はい。かまわないです」

「わたしもトウヤさんのことが気になりますから、見てみたいです」

　フィナもルイミンも興味があるみたいだ。

　まあ、ここまで来て、気にならないほうがおかしい。でも、主役となるトウヤは違うみたいだ。

「別に一緒に来なくてもいいぞ。嬢ちゃんたちは行くところがあるんだろう」

　トウヤがわたしがついていこうとすると嫌がる。そう嫌がられるとついていきたくなるのが人情だ。

「断られたら恥ずかしいものね」

「恥ずかしい」

　メルさんとセニアさんがトウヤの気持ちを代弁する。

「断られねぇよ！」

　それはフラグって奴では。

「なら、ユナちゃんたちが見てても問題はないわね」

「うぅ」

　結局、トウヤはわたしたちをこの場から離す方法が思い浮かばず、諦める。

「そういえばクセロさん。お弟子さんでも取ったんですか？」

先ほどから、奥から鉄を叩く音が聞こえてくる。ジェイドさんは音が聞こえるほうを見ながら尋ねる。

「息子だ。鍛冶屋になりたいって言い出したから、教えている。毎日、ああやって叩いているが、まだまだなっていない」

カンカンと音が聞こえてくる。音を聞くだけなら、一生懸命にやっているように感じる。

「ジェイド、裏庭は分かるな。そこで待っていろ。準備したら行く」

わたしたちは建物の奥から響く鉄を叩く音を聞きながら裏庭にやってくる。

「でも、いったいトウヤに何をさせるのかしら？」

「クセロさんが来れば分かるさ」

しばらく裏庭で待っていると、クセロさんが数本の剣を持ってやってくる。

「トウヤ。今から、おまえさんを試してやる」

「お、おう」

トウヤは少し緊張ぎみに返事をする。

クセロさんは手に持っているうちの一本の剣をトウヤに差し出す。

「ジェイドに作ってやった剣よりは見劣りはするが、俺が前に作ったミスリルの剣だ」

　トウヤは差し出された剣を受け取る。

　そして、クセロさんは持っていた剣の一本を地面に突き刺す。

「息子が打った、なまくらの剣だ。このミスリルの剣でその剣を斬ってみろ。もし、斬ることができたら、おまえさんにミスリルの剣を作ってやる」

　トウヤは地面に刺さった剣と、受け取った剣を見比べ、頷く。

「分かった」

　トウヤは鞘から剣を抜き、地面に刺さっている剣の前に立つ。小さく深呼吸して、剣を握りしめる。そして、地面に刺さった剣に向けて剣を振り下ろす。

　地面に刺さった剣は斬れることはなく、弾け飛び地面に転がる。

　全員が弾け飛んだ剣とトウヤを見比べる。

「待ってくれ。もう一度やらせてくれ」

　トウヤは弾け飛ばされた剣を拾うと、もう一度地面に突き刺す。そして、深呼吸して心を落ち着かせる。そして、もう一度、剣を振り下ろす。でも、結果は先ほどと同じだった。

　トウヤはジッと握っている剣を見つめる。そんなトウヤの姿をみんな無言で見つめる。

「クセロのおっさん。この剣、なまくらじゃないのか？」

　クセロさんは無言で飛ばされた剣を拾い、地面に刺す。そして、トウヤからミスリルの剣を取ると、ジェイドさんに向けて差し出す。

「ジェイド、おまえさんがやってみせろ。手加減はするなよ。トウヤのためにならん」

ジェイドさんは無言でミスリルの剣を受け取ると、地面に刺さった剣に向けて一閃する。すると、地面に刺さった剣は真ん中あたりで、斬れた。

「これが、ジェイドとおまえさんの差だ。おまえさんにはまだ、ミスリルの剣は早かったようだな。おまえさんに作っても、ミスリルが無駄になる」

そこまで言わなくてもいいと思うんだけど。

「トウヤ……」

ジェイドさんやメルさん、セニアさんが心配そうにする。トウヤは拳を強く握り締める。

「金を出せば、他の鍛冶屋なら、作ってもらえる。他を当たってくれ」

「クセロさん……」

ジェイドさんが何か口にしようとするが、トウヤが遮る。

「クセロのおやっさん、斬ればいいんだよな?」

悔しそうに下を向いていたトウヤは顔を上げて、クセロさんの目を見て、力強い目で尋ねる。

「ああ、斬れば作ってやる」

トウヤはジェイドのところに向かうと、ミスリルの剣を受け取る。

「おやっさん、この剣を貸してくれ！　きっと、数日の間に斬ってみせる」

クセロさんはトウヤのことをジッと見る。

「頼む……」

トウヤは頭を下げる。

クセロさんはジッと頭を下げるトウヤを見る。

「分かった。貸してやる。あと、そこにある剣も持っていっていいぞ」

なまくらといわれた剣を指さす。

「約束だからな」

トウヤはクセロさんの息子さんが作ったと思われる剣を数本持って、一人で去っていく。

「トウヤ！」

ジェイドさんが叫ぶ。

「わたしが行く。ジェイドとメルは残って」

そう言うとセニアさんがトウヤの後を追いかける。

フィナやルイミンはどうしたらいいか分からず、立ち去ったトウヤとセニアさんのほうを見たり、ジェイドさんとメルさんのほうを見たりして、最終的にわたしのほうを見る。

「大丈夫なの？」

わたしもどうしたらいいのか分からないので、ジェイドさんに尋ねる。

「ああ、今はセニアに任せておけばいい」

「トウヤなら、大丈夫よ」

ジェイドさんとメルさんが、立ち去った2人のほうを見ながら話す。

少し心配になるが、セニアさんが追いかけたから大丈夫かな。

「でも、クセロさん。ちょっと、トウヤに厳しくないですか？　前はこんなことをしなくてもよかったでしょう」

厳しいといえば厳しい。でも、ゲームによっては筋力パラメータが足りなければ装備ができないこともある。中身が成長しなければ、性能がよい武器は装備できない。

クセロさんはわたしたちに背を向けると、話しだす。

「大した理由じゃない。俺の我が儘だ」

「我が儘？」

「少し前に俺の剣を使った新人冒険者が死んだ。良い剣を持ったせいで、自分の実力と勘違いした。それで強い魔物と戦って、あっけなく死んだ」

「…………」

「それは別にクセロさんのせいでは」

新人冒険者が自分の実力も分からず、無謀をしただけだ。一般人が勇者の剣を手に入れて、「俺、つえぇ～」と勘違いしたようなもの。ジェイドさんの言うとおり、クセロさんが悪いとは思わない。

「そうかもしれん。でも、俺は実力に合った剣を作る。トウヤがこれぐらいできなければ、作るつもりはない。だから、ミスリルの剣が欲しければ、他の鍛冶屋で作ってもらえ」

クセロさんはジェイドさんが斬った剣を拾い、斬り口を見る。

「おまえさんは強くなったな」

「クセロさん……」

「話はここまでだ。トウヤには期限は試しの門が閉まるまでと伝えておいてくれ」

「わかりました」

今はトウヤができるようになるのを願うしかないよね。

422　クマさん、試験に挑戦する

わたしはジェイドさんが斬った地面に刺さっている剣に視線を向ける。

剣が綺麗に斬れている。折ったのではなく斬ったのだ。その剣を見て、わたしもやってみたい衝動に駆られる。鉄はアイアンゴーレムの腕をミスリルナイフの試し切りのときに斬ったことはあるけど剣はない。たぶん、ちゃんと斬らないと、トウヤのように剣が弾け飛ぶか、折れるかのどちらかになると思う。弾け飛ばしても、折っても失敗だ。

う～、やってみたいな。

でも、ミスリルの剣はトウヤが持っていっちゃったんだよね。ガザルさんのナイフでやらせてもらおうかな。

どうしようか考えていると、メルさんが声をかけてくる。

「ユナちゃん、どうしたの？　もしかしてやってみたいとか？」

心を読まれた。

それとも顔に出ていた？

わたしは両手のクマさんパペットで頰(ほお)をグリグリとほぐして、表情を読まれないようにする。

「やってみたいけど。トウヤの試験なのにわたしがやっていいのかと思って」

これはトウヤの試験なので、わたしが面白半分でやるのも気が引ける。

「そんなことを気にしていたの？　でも、ユナちゃん。魔法やナイフを使えることは知っているけど、剣も扱えるの？」

「まあ、一応」

この世界に来たときに、安物の剣を使って試したりはした。ナイフもそうだけど。ゲーム時代と変わりなく扱うことができた。

それに学園祭でシアの代わりに騎士とも試合をした。

だから、扱えないことはない。ただ、ジェイドさんと同じように剣を斬れるかと言われたら、分からない。

「そうなんだ。それじゃ、やってみたら？　わたしもユナちゃんが剣を使うところを見てみたいし」

メルさんはそう言うとクセロさんに話しかける。

「クセロさん、ユナちゃんがやってみたいって言うんだけど、いい？」

「やってみたいって、なにをだ？」

「ジェイドとトウヤがやったことを」

メルさんは視線をジェイドさんが斬った剣に向ける。

「剣も持てなそうなクマの嬢ちゃんが、トウヤができなかったことをか？　ふふ、笑わせるな。

やりたいと言って、簡単にできるようなことじゃない」

わたしのことを見て鼻で笑われた。

たしかに、トウヤができなかったことをクマの格好をしたわたしができるとは普通は思わない。

でも、鼻で笑うことはないよね。

人を見た目で判断しちゃダメって教わらなかったのかな。

「クセロさん、彼女も立派な冒険者だ。やらせてくれないか」

「ジェイド、お前まで……」

ジェイドさんまで言い出して、クセロさんは長い髭（ひげ）を触りながら考え込む。

「彼女は素人じゃないですよ。立派な冒険者で俺より強いですよ」

「ハァ？　その変な格好した嬢ちゃんが冒険者？　しかもジェイドより強い？」

クセロさんは目を細めながら、不思議な生き物を見るような目でわたしを見る。

「とてもじゃないが、そんな強い冒険者には見えないぞ。半歩譲って、強い冒険者だとしても、魔法使いとしてなら分かる。魔力を大量に持った者もいるからな。だが、剣は違う。剣の技術は簡単に身につくものじゃない。何度も剣を振って、戦い、身についていく」

ゲームの中だけど、何度も剣は振って、魔物から人まで、たくさん戦ったよ。戦闘経験ならこの世界の冒険者より多いと思う。

毎日、何百、何千と戦った冒険者なんていないはずだ。

「そのことはジェイドだって分かるだろ。どんなに苦労して今の自分がいるか。嬢ちゃんはそんな苦労をしたようには感じられない」

まあ、こっちの世界に来てからは、クマさんチートに頼って、練習らしい練習はしていない。クセロさんの言うとおり、苦労なんてしていない。

この世界に来て、新しく身につけたことは、恥ずかしさに耐えることや、視線をスルーする技術ぐらいだ。

でも、ゲームとはいえ、剣の技術は自分で身につけたと思っている。

「それにやりたいと言われても、嬢ちゃんの小さな体じゃ、剣を振ることもできないだろ。剣は子供が扱えるほど軽くない」

自分だって背が低いんだから、人のことは言えないでしょうと言いたくなる。クセロさんの身長はわたしと変わらない。

「ユナちゃんの力なら、大丈夫じゃない？」

「大丈夫だな」

でも、ジェイドさんとメルさんの2人はわたしがゴーレムをワンパンチで倒すことを知っている。そのこともあってか、クセロさんの言葉をすぐに否定する。

ちなみに剣は重い。クマ装備なしのわたしでは、剣を持ち上げることはできても、思うとおりに扱うことはできないので、クセロさんが言っていることは間違いじゃない。クマ装備がなければ本当にわたしはひ弱だ。

「それにミスリルの剣はトウヤが持っていったから、やらせたくてもできない」

「残念。ユナちゃんが剣を扱うところを見てみたかったのに」

メルさんは残念がるが、それはわたしもだよ。フィナもルイミンも見てみたそうにしている。

そんな中、ジェイドさんが話しかけてくる。

「それじゃ、俺の剣を使うかい？」

ジェイドさんは腰にある剣に視線を移す。

「でも、ユナには大きいかもしれないな」

たしかにジェイドさんの剣は少し長い。でも、それぐらいなら大丈夫だ。ゲームでは、短い剣から長い剣まで使ったことがある。

「貸してくれるなら、貸してほしい」

ジェイドさんは腰にある剣を差し出してくれる。それをわたしは受け取る。

大きいし、たぶん重いのだろうけど、クマさんパペットをしているわたしにはそれほど重さは感じられない。

わたしはゆっくりと鞘（さや）から剣を抜く。おお、綺麗だ。ちゃんと手入れされている。当たり前だけど、刃こぼれも、曇りもない。こうやって手にすると剣が欲しくなる。

わたしは笑みを浮かべながら、クマさんパペットの口に剣を咥(くわ)える。

「これって、魔力型？」

「いや、特化型だ」

ミスリルの武器には魔力を流し込む魔力型と、ミスリルの性能を最大に引き出した特化型がある。わたしの持っているミスリルナイフは魔力型になる。

わたしは数回、剣を振る。ビュン、ビュンと風を切る音がする。ナイフも格好いいけど、剣もいいね。でも、やっぱりわたしには少し長いかな。大剣でもクマボックスにしまっておけば、持ち運びはできる。でも、剣を使うなら、もう少し短いほうが扱いやすそうだ。

「ユナお姉ちゃん、格好いいです」

「お父さんより、動きが速いです」

わたしの剣を振るう姿を見て、フィナとルイミンが褒めてくれる。

「たしかに凄(すご)いとは思うが、格好いいか？」

「そこはジェイドに賛同ね。可愛(かわい)いクマの格好をしている女の子が剣を振っても、格好いいっていうよりは、凄い？　可愛い？　表現に困るわね」

想像してみる。クマの着ぐるみ姿の女の子が剣を振っている。コントにしか思えない。もしくはサーカスのピエロのようだ。わたしはすぐに頭に浮かべた想像を消し去る。

「ほれ、やるんだろう」

クセロさんが地面に剣を刺してくれる。息子さんのなまくらの剣だけど、作った本人としてはこんなところを見たら、悲しむかもね。

わたしは地面に刺さっている剣の前に立つ。ゲーム時代の感覚を思い出すように剣を握り締め、深呼吸して心を落ち着かせると、右斜め上から、下に向けて一閃（いっせん）する。

地面に刺さった剣にはなにも起きていない。

「ユナお姉ちゃん、失敗したの？」

「届かなかった？」

「いや、届いている」

「でも、斬れていないよ」

みんなが不安そうにする。

わたしはジェイドさんの剣を地面に刺さっている剣に向け、ちょこんとつっつく。すると、地面に刺さっている剣の真ん中あたりから上が地面に落ちる。

「やっぱり、斬れていたのか」

ジェイドさんは分かっていたみたいだ。

「ジェイドさん、ありがとう。いい剣だったよ」

「ああ、クセロさんが作ってくれた剣だからな」

わたしは剣を鞘に収め、ジェイドさんに返す。

「ユナお姉ちゃん、凄いです」

「わたし、斬れていないかと思いました」

フィナとルイミンが興奮するように、わたしの側に駆け寄ってくる。

「ジェイドさんの剣がよかっただけだよ。クセロさんが言っていたでしょう。トウヤやジェイドさんが使ったさっきの剣は、ジェイドさんの剣より劣るって。だから、トウヤとわたしと比べることはできないよ」

もし、トウヤが使った剣なら、斬れても、こんな状況にはならなかったはず。こんな芸当ができたのは、ジェイドさんが持つミスリルの剣がよかったからだ。

「ジェイド、あのクマの嬢ちゃんは何者なんだ？　こんなこと、簡単にはできないぞ」

クセロさんはわたしが切ったなまくらの剣を拾って見ている。

「彼女はユナ。冒険者ですよ。魔法やナイフを使えることは知っていましたけど。まさか、剣もここまで扱えるとは俺も思っていませんでした」

ジェイドさんはわたしのことを説明する。そのジェイドの話を聞いても、信じられなそうな顔をするクセロさん。

まあ、見た目がクマだし、しかたない。

423 クマさん、ロージナさんに会う

満足、満足。

ジェイドさんの剣は切れ味がよかった。やっぱり、いい剣はいいね。ただ、ナイフと違って刀身が長いと、動きが制限されるので使いにくい。

学園祭で使ったぐらいの剣がちょうどいいかもしれない。

トウヤのミスリルの剣の話は微妙な感じになってしまったが、用事は終わったので、クセロさんの鍛冶屋を後にすることになった。

チラチラ。

「クセロさん、トウヤができるようになったら、お願いしますね」

「ああ、約束は守る。そのときはちゃんと作ってやる」

チラチラ。

「期限は試しの門が閉まるまでと、ちゃんと伝えておけ」

チラチラ。

先ほどから、ジェイドさんと話しながらクセロさんがわたしのことを見ている。

なにかクレームがあるとか？　まぐれとか。偶然とか、卑怯な手を使って剣を斬ったと思われているのかもしれない。まあ、実際にクマさんチートの卑怯な能力を使っているから、反論のしようがない。

剣を振るう技術はあっても、クマさんパペットがなければ、とうてい重くて剣を扱うことはできない。あんな、綺麗な角度で剣を振るうことは絶対にできない。

クマ装備があったからこそできたことだ。

わたしはクセロさんの視線が気になるので、フィナとルイミンを連れて、先に店を出ることにする。

「ジェイドさん、メルさん。外で待っていますね」

「分かった。俺たちもすぐに行く」

「あ～」

後ろでなにか聞こえた気がするけど。たぶん、気のせいだ。

わたしは店の外でジェイドさんとメルさんを待つことにする。


「ユナさんは、魔法だけじゃなくて、剣も使えたんですね。ラビラタさんが知ったら、試合を申し込んでくるかも」

「ルイミン、絶対に言っちゃダメだからね」

わたしはルイミンの肩をガシッとつかむ。

ルイミンはコクコクと首を縦に振る。

「フィナちゃんは知っていたの？」

「はい。一度だけ、ユナお姉ちゃんが剣を使って試合をしているところを見たことがあるから」

学園祭のことを言っているのかな。

「そうなんだ。わたしもユナさんが試合をするところ見てみたいな」

「ラビラタと試合なんてしないよ」

わたしは念を押す。


わたしたちが外で話をしているとジェイドさんとメルさんがやってくる。これから、メルさんの案内でガザルさんの師匠のロージナさんの店に行くことになっている。

……なっていたけど。ダメになった。

「ごめんね。この埋め合わせはするから」

メルさんが手を合わせて謝る。

「本当はトウヤとセニアがジェイドと一緒に買い出しするはずだったのに、2人とも、どっか行っちゃったから。わたしがジェイドと一緒に行かないといけなくなっちゃったの」

「別に俺一人でも大丈夫だぞ」

「そんなわけにはいかないでしょう」

2人は王都の商人に頼まれているものを買いに行かないといけないらしい。

でも、メルさんは一緒に行けなくなった代わりに、ロージナさんのお店までの地図を描いてくれた。

「ルイミン。場所分かる？」

「はい、大丈夫です。分かります」

道案内は街に来たことがあるルイミンに任せることになった。

「それにしても、クセロさん、ユナちゃんのことを見ていたわね。それを無視するユナちゃんも凄いけど」

あれは、やっぱり見られていたんだ。自意識過剰ではなかったみたいだ。

「クマの格好が珍しかっただけじゃない？」

「そうかな。ユナちゃんが剣を斬ったあとからだと思うけど」

やっぱり、疑われていたみたいだ。危ない、危ない。

どこで剣の技術を身につけたかと聞かれても困るからね。

わたしはジェイドさんとメルさんと別れ、フィナとルイミンと一緒にロージナさんのところへ向かう。地図を持ったルイミンが前を歩き、その斜め後ろをわたしとフィナが歩く。

「えっと、こっちのほうで……」「ここを曲がって……」「まっすぐ進んで……」「2つ先の曲がり角を曲がって……」ルイミンが地図を見ながら、迷うこともなく進んでいく。そして、立ち止まる。

「ここです」

ルイミンが腕を伸ばして、お店を指す。

「ここ？」

「はい、ここです」

ここです。って自信満々に言うけど。

「ここ、武器屋じゃないよね？」

看板には鍋やフライパンの絵が飾られている。とてもじゃないが武器を作っている鍛冶屋には見えない。

「ルイミン、迷子？」

「違います。地図だとここです。間違っていないです」

ルイミンは頬を膨らませながら、地図をわたしに見せる。

たしかに、ここがクセロさんの鍛冶屋で、こっちを通って、ここを曲がって、まっすぐ進んで、２つ目の曲がり角を曲がって。

「合ってるね」

「ですよね。わたし間違ってないですよね」

ルイミンは自分が正しいことを一生懸命に訴える。

考えられる可能性は、ジェイドさんたちがこの街に来たのはかなり前みたいだから、その間に引っ越したとか。もしくは地図が間違っている可能性も高い。

「とりあえず、お店の中に入って聞いてみようか」

戻るわけにもいかないので、この鍛冶屋で話を聞くことにする。もしかすると、店を畳んで、他の人が店をやっているだけかもしれない。

もしそうなら、元の持ち主のことや、ロージナさんのことを知っているかもしれない。

「おじゃまします」

お店の中に入ると、いろいろな大きさの鍋やフライパンなどが積み上がっている。ここで、鍋を買うのもいいかもしれない。

「この鍋、ちょうどいい大きさです。こっちの鍋は使いやすそうです」

フィナが手前にある鍋を手に取って、品定めを始める。

「ここで、全部揃うかな？」

ルイミンもタリアさんから預かったメモを見ながらキョロキョロと店内を見始める。

なにか目的が変わってきてしまっている。わたしたちが店の中を見ていると、店の奥から人がやってくる気配がする。

「いらっしゃいませ。個人で購入ですか、大量購入ですか？」

わたしたちの前にやってきたのは年齢不詳のドワーフの女の子。背が低いため、年齢が分からない。わたしと同じくらいかもしれないし。わたしより年上かもしれない。判断に迷う。

「クマさん!?」

ドワーフの女の子はわたしを見て驚きの表情をする。そして、笑顔でわたしに近づいてくるとわたしの手を握る。

「かわいい……」

女の子はわたしの周りをぐるっと回る。

「あのう」

「ごめんなさい。その、可愛かったので」

可愛いのはあなただよ。

背が低く、可愛い。

ただ、ドワーフは背が高くなることはないので、スラッとした美人にはなれないかもしれない。

「それで、何をお買い求めですか？　言ってくだされば、お出ししますよ。作る場合は、お時間をいただくことになります。あと料金も通常よりお高くなりますので」

ドワーフの女の子は改めて商売の話を始める。

フィナは鍋を持ちながらどうしようかと考えている。わたしとしては買い物はあとにしたい。

「欲しいものもあるけど、その前に聞きたいことがあるんだけど、いい？」

「あ、はい。なんでしょうか？」

「ここでロージナさんって人がお店をやっていたと思うんだけど。知らないかな。わたしたちロージナさんに会いに来たんだけど」

「お父さんにですか？」

「お父さん？」

「ロージナはわたしの父です」

「えっ、でも、ここ剣とか置いていないよね」

お店には剣一つ置いていない。お店の中を見ても鍋やフライパン、料理に使う道具。それから、ハンマーにノコギリなどの工具がある。刃物は包丁ぐらいなものだ。

「もしかして、お父さんの噂を聞いて、ここに来たんですか？　ごめんなさい。お父さん、もう剣は作っていないんです」

ドワーフの女の子は頭を下げて謝罪をする。

でも、ロージナさんのお店で間違いないようだけど。でも、どういうこと？

ゴルドさんとガザルさんの師匠で、武器を作るのを教わった人だよね？

「えっと、ゴルドさんとガザルさんの知り合いなんだけど。ロージナさんに会える？」

状況がよく分からないので、２人の名前を出すことにする。２人の師匠であるロージナさんが、女の子が言うロージナさんなら2人のことを知っているはずだ。

「ゴルドにガザルですか！　2人を知っているんですか!?」

女の子は驚きの表情を浮かべる。反応があったってことは、わたしが捜しているロージナさんで合っているみたいだ。

「うん、ゴルドさんは同じ街に住んでいるし、ガザルさんとも会ったことがあるよ。それで、2人からロージナさん宛の手紙を預かってきているんだけど」

わたしはクマボックスから2人からの手紙を取り出す。

「ちょっと、待ってください。えっと、お母さんは出かけているから、お父さん！　お父さん！」

手紙を見た女の子は父親を呼びながら、店の奥に行ってしまう。

「どうやら、ロージナさんのお店で合っていたみたいだね」

「わたしは間違っていなかったです。なのに、ユナさん、間違ったとか酷いです」

「ごめん。だって、武器を作っている鍛冶屋の師匠が、鍋を作っているとは思わないでしょう」

「でも、本当にゴルドさんとガザルさんの師匠なんでしょうか？」

フィナもわたしと同じことを思ったみたいだ。まあ、それは思うよね。店の中を見ても剣が一本もない。どういうことなのかな？

ただ、女の子が、「もう、今は作っていないんです」と言っていた。ということは、昔は作っていたということになる。なにかしらの理由で辞めた可能性が一番高い。怪我なら鍋も作れない。でも、ゴルドさんもガザルさんもそんなことはひと言も言っていなかった。

考えていると、女の子と男性の声が奥から聞こえてくる。

「クマの女の子ってなんだ？　意味がわからないぞ」

「だから、クマの女の子がゴルドとガザルの知り合いで、手紙を持ってきたの！」

「そのクマの女の子ってなんだ？　クマが店に来たのか？」

「だから、女の子だって」

「だからメスのクマだろう」

「違うよ」

声が徐々に大きくなってくる。

女の子が男性ドワーフの腕をつかんで戻ってくる。このドワーフが女の子の父親で、ロージナさんかな？

ロージナさんと思われる男の人がわたしの格好に驚いたようにわたしを凝視する。

フィナとルイミンのことは軽く見るだけなのに、わたしのことは下から上へ、上から下へと何度も見る。クマの格好だからしかたないけど。

「クマ？」

「ほら、クマさんでしょう」

「クマだな」

「女の子でしょう」

「女の子だな」

さっきまで口論していたのに、わたしを見た瞬間、仲良くなってしまった。

「ロージナさんですか？」

「そうだが、クマの格好をした嬢ちゃんがゴルドとガザルの知り合いというのは本当か？」

「はい、２人にはお世話になっています。それで、この街に来ることを話したら、手紙を預かってきました」

わたしは丁寧に答え、持っていた手紙をロージナさんに差し出した。

「ゴルドとガザルは元気にしているか？」

「ゴルドさんはネルトさんと仲良くしていますし、ガザルさんは王都では有名な鍛冶屋になっています」

ガザルさんのことはジェイドさんの受け売りの言葉だけど。

「そうか。２人は元気にやっているか」

「えっと、よかったら、２人の……ネルト、３人の話を聞かせてください」

女の子がわたしのクマさんパペットをつかむ。

「いいけど。わたしもロージナさんに聞きたいことがあるので」

ここに来た理由の一つにクマモナイトのことがある。

まあ、無理だと思うけど。

わたしたちはお茶をいただきながら、話すことになった。

424 クマさん、ゴルドさん、ガザルさんについて話す

わたしたちはちょっとした広さのある部屋に案内される。家の客間でなく、仕事の休憩室、もしくは仕事の話をする部屋みたいな感じだ。

部屋の真ん中にテーブルと椅子があり、物置の代わりになっているのか、壁際の棚には在庫の鍋などが置かれている。でも、本当に剣が一本もない。

「狭いところですまないが、適当に座ってくれ」

「あぁ〜、お母さんいないし。えっと、お茶に、お菓子あったかな」

女の子は別の部屋に行って、コップやお茶などを運んでくる。

「たいしたものがなくて、ごめんなさい」

「ううん、ありがとう。十分だよ」

わたしたちは出されたお茶を飲む。全員が椅子に座り、それぞれが自己紹介をする。ロージナさんの娘さんはリリカと名乗った。少し長めの髪をリボンでしばり、少し幼く感じる。年齢は分からない。ネルトさんも初めて見たときは、年齢が分からなかったんだよね。ゴルドさんにロリコン疑惑をかけたのも懐かしい思い出だ。

「それにしても、おまえさんたちは子供3人だけでゴルドのいる街から来たのか。ゴルドがいる街はここから、かなり遠いはずだ」

子供たちって言われたよ。それってわたしも含まれているの？　わたしは２人の保護者だよ。

「一応、わたしが冒険者なので、２人を護衛しながら来ました」

わたしは「冒険者」と「２人を護衛」の部分を強調する。

「冒険者……？」

ロージナさんとリリカはわたしの言葉に驚く。わたしが冒険者だと言うと、どこでも同じような反応をされる。こればかりは見た目のせいで、しかたないと思っても、たまには信じてほしいものだ。

「ユナちゃん、冒険者なの？　でも、新人冒険者が一人でここまで来るのは危ないと思うよ。まして、ユナちゃんは女の子だし、連れの２人も女の子なのに」

新人冒険者の定義は永遠の謎だね。

新入生、入学した1年生のことを初めの頃は新入生というが、夏休み前にはすでに新入生とはいわない。

新入社員はどうなんだろう。社会経験がないわたしには分からないけど、1年ぐらいは新入社員扱いなのかな。学生の定義でいえば、わたしは新人冒険者じゃない。ベテランとはいわないけど、中堅冒険者というのも早い気がする。そもそも中堅冒険者にしろ、ベテラン冒険者にしろ、どのくらいの経験を指すんだろうね。いくら古参でも万年ランクEをベテランとは呼びたくない。

「でも、よく親が来ることを許してくれたね。わたしのお父さんとお母さんじゃ、絶対に許してくれないよ」

リリカはロージナさんを見ながら呟く。

「ユナさんは強いから、一緒に行くことを許してくれました」

「はい。わたしも、ユナお姉ちゃんなら、安心だからお母さんが許してくれました」

心配するリリカにフィナとルイミンがわたしの強さを肯定してくれる。だけど、それでもリリカは2人の言葉を信じられないようにわたしを見ている。

「そんなに強いんだ」

人は見かけによらないものだよ。

「ゴルドとガザルにお世話になったっていうから、鍋でも作ってもらったのかと思ったけど、もしかして武器を作ってもらったの？」

「2人にはナイフを作ってもらったよ」

ゴルドさんにはフィナの解体用のナイフ。ガザルさんにはわたしの戦闘用のナイフを作ってもらった。

「クマさんが武器を」

そこはクマのことは忘れよう。冒険者なら武器の一つや二つは持つよね。

「ゴルドとガザルの手紙にも嬢ちゃんが優秀な冒険者と書いてある。それで、ゴルドの手紙にはクマの格好のせいで騒ぎを起こすかもしれないから注意するようにとも書かれている」

ロージナさんは読みえた手紙をテーブルの上に置く。

手紙には何が書いてあったのかな？　いつも気になる。でも、騒ぎを起こすって、なに？　人をトラブルメーカーみたいに言うのはやめてほしい。

そもそも、なんでわたしのことを書いているの？　久しぶりの故郷への手紙なんだから、自分のことを書けばいいのに。

もしかして、自分のことを書くのが嫌だから、わたしのことを書いた？

ゴルドさんなら、十分にありえる。

「わたしにも見せて」

リリカはロージナさんがテーブルの上に置いた手紙に手を伸ばし、読み始める。

これで、ゴルドさんとガザルさんに頼まれたことは終わった。あとはわたしの相談を聞いてもらうだけだ。

「うわぁ、本当に優秀な冒険者って書いてある。見た目と違って強い冒険者」

リリカはわたしと手紙を交互に見る。まだ信じられないみたいだ。

でも、その言葉にデジャブを感じるのは気のせいだろうか。ゴルドさんからガザルさん宛の紹介状にも同じようなことが書かれていた記憶がある。そこは見た目のとおり、クマ並みに強いと書くべきでは？

「ゴルドとネルトはどんな感じ？　喧嘩はしていない？　仲良くしている？」

「ゴルドさんはネルトさんの尻に敷かれているけど、仲良くしているよ」

「そうなんだ。手紙に元気でやっているって書いてあるけど。心配させたくないから嘘を吐いているかもしれないからね。2人のことを知っている人から話を聞くと安心するね」

「2人のことなら、フィナのほうが詳しいよ。わたしより、付き合いが長いからね」

「そうなの？」

ゴルドさんのお店はフィナに紹介された。それに数か月前にクリモニアに来たわたしより、フィナのほうが詳しい。昔からお世話になっているみたいだしね。

フィナはリリカにいろいろと聞かれ、答える。解体用のナイフをもらった話や、メンテナンスを無料でやってくれた話をする。さらにわたしが知らないことも話すので、聞いているわたしも新鮮だ。

「ゴルドさんとネルトさんには優しくしてもらっています」

「そう。2人らしいね」

リリカはフィナの話の一つ一つに嬉しそうに頷いている。

「でも、ゴルドさんはどうして、遠くのクリモニアに来たの？」

ゴルドさん夫婦が故郷を離れて、クリモニアに来る必要性を感じない。

「それは早く独立して、ネルトと一緒に暮らすためですよ。ネルトのご両親は早くに亡くなって、近所に住んでいたゴルドの家族が面倒をみていたんです。まあ、いろいろとあって、ゴルドはネルトと一緒にこの街を出て、他の街で鍛冶屋をすることにしたんです。この街で店を持つように言ったんだけど。新人の鍛冶屋に仕事は回ってこないからと言って、街を出ていったんです。たぶん、クリモニアの街で店を出すのも大変だったと思いますよ」

ゴルドさん、ネルトさんと一緒になるために街を出たんだね。優しいね。まあ、フィナに解体用のナイフをあげたり、無料でメンテナンスをしてくれたりするし、ネルトさんを含めて優しい夫婦だ。

「それで、ガザルは王都ではどんな感じですか？　さっき、有名になっているって言っていたけど。本当？」

「わたしは詳しくはないけど、知り合いの冒険者が優秀な鍛冶屋って言っていたよ」

「優秀か。ガザルも頑張ってるんだ」

リリカが、ゴルドさんの話のときより嬉しそうに見えるのは、気のせいだろうか。

「その、ガザルは一人でしたか？」

リリカは少し尋ねにくそうにする。

一人？

「弟子はいないみたいだよ。武器作りも、店の接客も一人でやっているよ」

手伝ってくれる人ぐらい雇えばいいと思うんだけど。ガザルさんは一人でお店をやっている。

「そうなんだ。一人でやっているんだ」

リリカは下を向いて少し嬉しそうな表情をした。

そして、ガザルさんが王都に行った理由を尋ねると、

「王都で自分の実力を確かめるって言って、出ていった。まさか、エルファニカ王国に行くとは思わなかったけど」

ガザルさんらしいといえば、らしい。

「別に王都や別の街なんぞに行かなくても、この街で店を出せばいいのに。そのためなら金ぐらい出してやったのに」

ロージナさんは腕を組んで、文句を言う。

「お父さん！　ガザルが出ていって、寂しいんですよ」

もしかして、ツンデレ？

でも、ゴルドさんとガザルさんの師匠みたいだけど、なんで剣を作らないで、鍋を作っているんだろう？

なかなか、話を切り出すタイミングがつかめない。

「それでガザルの手紙に、嬢ちゃんが持っている鉱石を見てほしいと書かれているが」

ロージナさんのことも気になったが、そこへクマモナイトのことをロージナさんのほうから

話を振ってくれた。ガザルさん、ちゃんと手紙に書いてくれていたようだ。

　わたしはクマボックスからクマモナイトを2つテーブルの上に出す。ロージナさんは石の一つに手を伸ばす。もう一つを、なぜかリリカが手にする。まあ、わたしが2つ出したからしかたない。

　ロージナさんは手に持つと、目を細めたり、握り締めたり、指で弾いたりする。リリカもまねをするように同じことをする。流石親子だ。行動が一緒だ。

「なにか分かりますか？」

　まあ、無理だと思うけど。

　ロージナさんは無言で席を立つと、近くの箱から何かを探る。そして、何かを見つけ、手にすると席に戻ってくる。手にしたものを握り、覗き込むようにクマモナイトを見る。

　もしかして、ルーペ？

「昔に見たことがある。これは精霊石だな。でも、変化をしている」

「精霊石？」

　クマモナイトじゃないの？

「だが、なんの精霊石に変化しているかまでは分からん」

「その精霊石ってなんですか？」

「特殊な力を宿していて、精霊石を持っている者の属性の力を増幅してくれる。火の精霊石なら、火の魔法が強くなる。水の精霊石なら、水の魔法が強くなる」
おお、パワーアップアイテムだったみたいだ。
でも、クマモナイトって名前で、嫌な想像が脳裏に浮かぶ。
認めたくないが、つまり、クマモナイトはクマ属性の精霊石ってことになる。
そうなると、やっぱり、神様からのプレゼント？

425 クマさん、ミスリルナイフを見せる

クマモナイトについて一歩前進した。

まさか精霊石なんてものだとは思わなかった。

だけど、クマモナイトがクマ属性の強化アイテムだとすると持っているだけでいいのかな？　それとも加工が必要なのかな。わたしはロージナさんとリリカが持っている丸い鉱石に視線を向けて尋ねる。

「精霊石ってどうやって使うんですか？　持っているだけでいいの？」

「詳しいことは、そこにいるエルフの嬢ちゃんに聞けばいいじゃろう。精霊石についてはエルフのほうが詳しい」

ロージナさんはわたしの横にいるルイミンのほうを見る。

なんと、こんなに身近にクマモナイトのことを知っている人物がいたとは。わたしはルイミンに視線を向ける。でも、ルイミンは首と手を大きく横に振る。

「お爺ちゃんなら知っていると思うけど、わたしは分からないです」

どうやら、エルフでもルイミンは分からないらしい。

でも、ムムルートさんに尋ねればいいと分かっただけでもルドニークの街に来たかいがあった。

それに、クマモナイトのことは急ぎでもないし、帰りにエルフの村にルイミンを送るので、そのときにムムルートさんに尋ねればいい。

初めからムムルートさんに聞けばよかったけど、ムムルートさんが知っているとは思わなかったのでしかたない。

「それにしても、ガザルの奴も精霊石のことを知らないとは、勉強不足だな。連れ戻して鍛え直すか」

「知らないのはお父さんが教えなかったからでしょう。自分の教育不足をガザルのせいにしたら可哀想よ」

リリカはガザルさんを庇う。それにしても、２人の会話からして、やっぱりロージナさんはガザルさんとゴルドさんの師匠なんだよね。

でも、そうなると気になることがある。

「ロージナさんって、ガザルさんとゴルドさんの鍛冶職人の師匠なんですよね？」

「ああ、一応な。いろいろと教えてやった」

「それじゃ、どうして、この店には剣が一本もないんですか？　店には鍋やフライパンが並んでいるし、ゴルドさんもガザルさんもそんなこと言っていなかったし。もし、聞いちゃいけないことだったら、ごめんなさい」

「それは……」

　ロージナさんは言いにくそうに横を向く。やっぱり、言いにくいことだったみたいだ。

「お父さん。もう、話したら？　もう、隠し切れないよ。ユナちゃんが帰れば、３人には知られることになるんだし」

「もしかして、怪我とか？」

「違うよ。お父さんは」

「リリカ！」

　ロージナさんが止めようとするが、リリカは口を開くのをやめない。

「お父さんはゴルドとガザルが街を出ていって、落ち込んじゃったんです。手塩にかけて育ててきた弟子が可愛くてしかたなくて、そんな２人がいなくなって」

「ち、違うぞ。別に落ち込んでいないぞ」

「なにが違うの？　ゴルドがネルトと出ていったときなんて、何日もお酒を飲んでたじゃん。それから、ガザルが出ていってから、月に一本しか剣を打たなくなって、最後は抜け殻のようになっていたよね」

「それは思いどおりの剣が作れなかったからであって」

「それは２人がいなくなったからでしょう」

「そんなことは」

もしかして、ジェイドさんが言っていた月に一本しか作らなくなった話って、このこと？

ジェイドさんが知ったら、どう思うかな。

「それで最後にはお母さんに、剣が作れないなら鍋でも作れって怒られたんでしょう」

「それを言うなら、リリカ、お前も、ガザルがいなくなって、悲しそうにしていただろう」

「そ、そんなことないもん。今はお父さんの話をしているんだよ」

ロージナさんとリリカが頰を膨らませながらお互いの顔を見る。

どうやら、ゴルドさんとガザルさんがいなくなったことで、やる気がなくなってしまったようだ。まあ、その気持ちは分からなくはない。モチベーションは大事だからね。

でも、武器を作ることができなくなるほど落ち込むって、それだけ2人を可愛がっていたんだね。

「だから、新しい弟子をとればよかったんだよ。そうすればやる気になったんだよ」

「そんなに簡単に弟子が見つかるわけがないだろう」

「それは、お父さんが厳しいからだよ。誰も初めからゴルドやガザルと同じようにはできないよ」

「厳しくしないでどうする」

2人は言い争っている。言いたいことを言い合えるのは仲がいい親子だ。わたしは微笑ましく2人を見る。でも、フィナとルイミンはどうしたらいいか、困っている。喧嘩じゃないから大丈夫だよ。

　ロージナさんとリリカが言い合っていると、部屋の中に誰かが入ってくる。

「店のほうまで声が聞こえてきたよ。お客さんが誰もいなかったからいいものの、恥ずかしいから、２人とも大声は出さない」

「お母さん!?」

　短い髪をした背の低い女性のドワーフがロージナさんとリリカを見ている。どうやら、リリカの母親らしい。リリカの母親は部屋を見渡しながら、わたしたちのところにやってくる。

「それで２人は、なにを大きな声で騒いでいるの？」

「お父さんが悪いんだよ」

「リリカだろう」

　２人が睨み合う。

　リリカの母親は諦め顔になると、わたしたちに視線を向ける。

「それで、その可愛らしい格好をした女の子たちは？」

「ユナちゃんとフィナちゃんはゴルドとネルトと同じ街から来て、ルイミンちゃんは、エルフの村からユナちゃんと鍋を買いに来たんだって」

「ゴルドとネルトと同じ街から？」

　リリカがわたしたちのことを簡単に説明する。

「2人にはお世話になっています」

「それから、ガザルのことも知っているんだって」

「ゴルドとガザルは服でも作っているの？」

母親は驚きの表情を浮かべながら、わたしのクマ服を見る。

「ナイフとかを作ってもらっています。この格好はゴルドさんとガザルさんとは関係ないです」

「驚いたよ。2人が、そんな可愛らしい服を作っているのかと思ったよ」

どうしたら、そんな考えになるかな。

髭（ひげ）を生やしたドワーフの2人が、クマの着ぐるみを作っているなんて想像したくもないよ。

細かい作業は得意そうだから、上手に作れそうなのが怖い。

そして、わたしたちは簡単な自己紹介をする。リリカの母親はウィオラさんと名乗る。

「そういえば、ユナちゃんはゴルドとガザルが作ったナイフを持っているんですよね。2人が作ったナイフを見せてもらうことはできる？　2人がちゃんと仕事をしていることを知れば、お父さんもやる気が出るかもしれないし」

「わたしも見てみたいね」

リリカの言葉にロージナさんは何か言いたそうにするが、ウィオラさんもリリカの言葉に賛同するので、口を閉じる。

「ゴルドさんのは解体用のナイフだけど、いい？」

「どんな種類の武器でも、見ればどんな仕事をしているか分かる」

リリカに尋ねたのにロージナさんが答える。どうやら、ロージナさんも2人が作ったナイフを見たいみたいだ。

わたしはクマボックスからガザルさんが作ってくれたくまゆるナイフ（ミスリルナイフ）を取り出し、フィナはアイテム袋からゴルドさんに作ってもらったミスリルナイフを取り出し、テーブルの上に置く。

ロージナさんがフィナの出したゴルドさんのナイフを手に取る。

「こっちが解体用のナイフか？　それじゃ、ゴルドが作ったナイフか」

鞘（さや）からナイフを抜いて、刀身を見る。

「……これはミスリルを使っているのか」

ロージナさんは刀身を見ただけで、一発で言い当てる。

「嬢ちゃん。少し試し切りをさせてもらってもかまわないか？」

「えっと」

ロージナさんはナイフを出したフィナに尋ねる。尋ねられたフィナはわたしに視線を向ける。

それに対して、わたしは小さく頷（うなず）く。

「はい、どうぞ」

フィナから許可をもらうとロージナさんは立ち上がり、近くにある引き出しから、何かの動物の皮らしきものを取り出す。そして、戻ってくると動物の皮をスーッとナイフで切り、切った皮やナイフを何度も見る。

「ゴルドのやつ、成長しているな。腕が落ちているようなら、呼び寄せて、修業のやり直しをさせてやろうと思ったのに」

ロージナさんはそんなことを言いながらも、成長している弟子が嬉しいのか、頬が緩んでいる。ロージナさんはナイフを布で拭き、鞘に戻す。

「わたしにも見せてもらっていい？」

リリカがフィナにお願いして、ナイフを手にする。

「本当に綺麗。お父さんを超えたんじゃないかな」

「ふん、まだまだだ」

ロージナさんはリリカの言葉を否定する。

「でも、どうして嬢ちゃんみたいな小さな女の子がミスリルナイフを持っているんだ。簡単には買えないだろう。もしかして、お金持ちのお嬢様か？」

その言葉にフィナは否定する。

「その……うちは貧乏です。このナイフはユナお姉ちゃんに買ってもらったんです」

貧乏ってことはないでしょう。ゲンツさんもいるし、ティルミナさんも働いている。もしかして、昔の感覚が抜けていないのかな？

ミスリルナイフを買ってあげたときも怒られたし。

「嬢ちゃんが、ミスリルナイフを」

「フィナは魔物や動物の解体ができるから、わたしが倒した魔物や動物の解体をしてもらっているんです」

「だからといって、ミスリルナイフは必要ないだろう」

「まあ、そこはミスリルナイフじゃないと、解体できなかったので」

「なんだそれは？」

「……黒虎（ブラックタイガー）です」

「…………」

短い沈黙が訪れる。

「嘘（うそ）ではないんだな」

ゴルドさんとガザルさんの手紙を信じているのか、黒虎のことも半信半疑っぽかったけど、とりあえず納得してくれたみたいだった。

次にロージナさんは、ガザルさんが作った柄が黒いくまゆるナイフを手に取る。

「クマ？」

ロージナさんは柄の部分に彫られているクマとわたしを見比べる。

なんですか？　クマですよ。ガザルさんが彫ってくれたんですよ。

ロージナさんは柄の彫りものを見てから、ゆっくりと、鞘からナイフを抜く。

「こっちもミスリルナイフか。でも、こっちは戦闘用だな」

ロージナさんからわたしに、フィナに頼んだのと同じように試し切りをしてもいいかと聞かれたので、フィナと同様に許可を出す。

「嬢ちゃんはこのナイフを扱えるのか？」

「一応。ガザルさんからは、認められているよ」

アイアンゴーレムを試し切りしたときに、褒めてくれた。褒めてくれたってことは認めてくれたってことだよね。

「嬢ちゃんのことを少し試させてもらっていいか？」

「試す？」

ロージナさんは席を外すと、鉄の細い棒を持ってくる。

えっと、もしかして、鍛冶職人って何かを試すのが好き？

しかも、そんな細い鉄の棒？

見た感じ、直径1㎝あるかないかぐらいの鉄の棒だ。ミスリルナイフでアイアンゴーレムの腕を斬ったことがあるわたしにしたら、しょぼいテストだ。

「ガザルとゴルドの目が正しいかの確認だ。別にできなくても文句は言わん。ただ、あの二人が優秀と言うなら、このぐらいできるだろう。それに黒虎（ブラックタイガー）の件も分かる」

　ロージナさんは鉄の棒を持つとわたしの前にやってくる。

「もしかして、持ったまま斬るの？　危ないよ」

「実力を見るにはこれが一番だ。俺は手に力を込めない」

　ロージナさんは本当に軽く握る感じで鉄の棒を持つ。引っ張れば簡単に引き抜けるほどだ。

「切れずに鉄の棒が吹っ飛ぶのは論外だが、斬ったときに俺の手に伝わる振動が少ないほどいい。やるか？」

　これはガザルさんとゴルドさんがわたしのことを優秀な冒険者と言ってくれた名誉の問題にもなる。だから、断ることはできない。わたしはそのテストを受けることにする。

　ナイフを手にして、ロージナさんの前に立つ。

「魔力を流してもいい？」

「ああ、それを含めて嬢ちゃんの力だ」

　ロージナさん、怖くないのかな。わたしだったら、実力も分からない人に対して、こんなことはできない。ロージナさんは真剣な目でわたしを見ている。

　わたしはくまゆるナイフに魔力を流す。

　そして、ロージナさんが持つ鉄の棒に向かって斜めに振り下ろした。

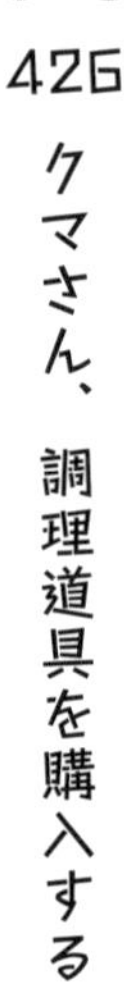

426 クマさん、調理道具を購入する

わたしがくまゆるナイフを振り下ろすと、ロジーナさんが持つ鉄の棒は3分の1ほど上の部分が床に落ちる。

うん、大成功だね。

ロージナさんの手にはちゃんと鉄の棒が残っている。鉄の棒は飛ばさなかったし、鉄の棒だけを斬った。もちろん、ロージナさんの手もちゃんとついているし、血も流れていないよ。

「…………」

でも、ロージナさんに反応がない。

「斬ったけど」

呆けるように鉄の棒を持っているロージナさんに声をかける。ロージナさんは棒を握り締め、笑みを浮かべる。

「手にほとんど力を感じなかったぞ。それにこの滑らかな切り口。ガザルの奴の手紙に嬢ちゃんは鉄を切る技術は持っていると書いてあったが、ここまでとはな」

鉄を切る技術って、試し切りでアイアンゴーレムを切ったときのことかな。

どうやら、この試験はガザルさんの手紙が原因だったみたいだ。

ロージナさんがナイフを見せるように言うので、くまゆるナイフをロージナさんに渡す。

「刃こぼれもない。どこにも切った跡が残っていない。魔力が綺麗にナイフに乗っている証拠だ」

「ガザルさんが作ったナイフがよかったんだよ。きっと師匠がよかったんだね」

最後のわたしの言葉にロージナさんは恥ずかしそうな仕草をする。

「当たり前だろう。誰が教えたと思っている。これぐらいできて当然だ。ゴルドとガザルの目はしっかりしているようだな。試すような真似をしてすまなかったな」

ロージナさんは嬉しそうにくまゆるナイフを返してくれる。わたしは鞘に入れクマボックスにしまう。

「それにしても嬢ちゃん。そんなに凄い技術を持っているのに。どうして、そんな格好をしているんだ。冒険者だというなら、もっとしっかりした格好をしたほうがいいぞ。人によってはふざけていると思う者もいる。武器もそうだが、実力に見合った服装をするのも大切だぞ。多くの者は人を見た目で判断するからな」

なにか、初めてまともな忠告を受けた気がする。人は第一に見た目で判断してから、付き合いが始まる。普段、街中を着ぐるみの姿で歩くような人とは、普通はお友達になりたくないよね。異世界だから、許されているようなものだ。

……許されているよね？

「だが、ゴルドもガザルも見た目で人を判断するようなことはなかったようだな」

それはいろいろと噂を聞いたからじゃないかな。ゴルドさんの場合は冒険者ギルドとも繋がりがあるみたいだし。ガザルさんの場合はミスリルゴーレムの件もあるし、それにゴルドさんの紹介状のおかげもある。

「ユナちゃんは、クマの格好した可愛い女の子だけじゃなかったんだね」

「可愛い格好しているのに凄いわね」

リリカとウィオラさんがわたしの服を触ったりして、不思議そうにする。


それから、わたしたちは街にやってきた理由などを話す。

街に来た理由は街の見学と買い物と、クマモナイトのことは分かればいいかなぐらいの気持ちだったから、
クマモナイトが精霊石と分かっただけでも、ドワーフの街に来てよかった。

あとは街を見学して、鍋を購入すれば目的は完了だ。

「それじゃ、みんな鍋やフライパンの調理器具を買いに来たんですね」

「まあ、目的は謎の鉱石だったんだけど。ドワーフの街、ルドニークに行くならって、知り合いにいろいろと頼まれてね」

もっとも、頼まれたのはわたしではなく、フィナとルイミンの2人だ。わたしもついでにク

マハウス用の調理器具を買おうと思っている。

「それじゃ、うちで買っていきませんか？　元優秀な武器鍛治職人が作った鍋ですよ」

「元は余計だ！」

「事実でしょう。でも、お父さん。ガザルとゴルドのナイフを見て、また武器を作りたくなったんじゃない？　ユナちゃんの技術も凄かったし」

「……ふん」

　リリカの言葉にロージナさんは肯定も否定もしなかった。否定をしなかったってことは、少しは武器を作りたいと思ったのかもしれない。2人のナイフを見てやる気になってくれれば、少しは会いに来た意味があったのかもしれない。せっかく武器職人としての技術を持っているんだから、生かさないともったいない。


　わたしたちはロージナさんのお店で鍋やフライパンなどの調理器具を購入することになり、店内に移動し、各々が調理器具を探し始める。

「ウィオラさん。これ全部ありますか？」

　ルイミンは自分で探すのは早々に諦め、ウィオラさんに複数のメモを見せる。

「あら、多いわね」

「お母さんが、この街に行くって話になった途端、近所の人に欲しいものを聞きに行ったんですよ。そしたら、こんなにたくさんのメモが」

「お店としては嬉しいわね」

「でも、多すぎです」

ルイミンは手に握られているメモを見て項垂(うなだ)れる。

フィナのほうを見れば、リリカと一緒に調理器具を探している姿がある。

「リリカさん、これより少し大きな鍋はありますか？」

フィナはティルミナさんに頼まれた自分の家の鍋を2個とフライパン、他の調理器具などを集めている。そして、見当たらないものをリリカに尋ねている。

「あるよ」

リリカは手際よくフィナに聞かれたサイズの鍋を見つけ出す。

「あとはお店と孤児院用の……」

「これは大きな鍋ね。大きな鍋は、あまり売れないから注文を受けてから作るんだけど」

リリカはフィナの持つメモを見ながら答える。

「それじゃ、他の店に行かないとダメですね」

「フィナちゃんたちは、いつまでこの街にいるの？」

フィナはリリカに尋ねられて、わたしのほうを見る。

「特に決めていないけど。数日はいるつもりだよ」

わたしがフィナの代わりに答える。

街を見学するつもりでいるし、せっかくだから、鍛冶職人が参加する試しの門が開くイベントは見てみたい。できれば参加してみたいけど、わたしに頼むような鍛冶屋がいるとは思えない。

「それなら、注文してくれれば、それまでにはお父さんに作ってもらうよ」

「でも、代金が高くなるんですよね」

フィナが、遠慮がちに尋ねる。

たしか、店に入ったときに注文で作ると別料金がかかるようなことを言っていた。わたしと違って金銭感覚がしっかりしているフィナは、追加料金が気になるようだ。面倒くさがりなわたしだったら、気にしないで頼んでしまう。少しはフィナを見習わないといけないね。お金は有限だ。大切に使わないといけない。

フィナの言葉にリリカはウィオラさんのほうを見る。

「ゴルドとガザルの知り合いから、別料金はもらえないよ」

「ってことだから、通常価格で大丈夫だよ」

「ありがとうございます。それなら、お願いします」

「それにルイミンちゃんのほうも、いくつか作らないといけないみたいだしね。大量購入ってことで、少し割り引きをさせてもらうわね」

ルイミンのほうを見ると購入する調理器具が山積みになっている。何人分っていうか何世帯分になるのかな？

「あれ、トンカチも購入するの？」

鍋などの中にトンカチや釘なども交じっている。

「メモの中に交じってました。お母さん、いろいろな人に聞いたみたいです」

まあ、エルフの村には鍛冶屋はないから、こんなときでもないと買えないのだろう。

クリモニアや王都でも買えるけど、わたしもクマハウスで使う鍋などを買っていくことにする。もちろん、たくさん買うので安くしてくれた。

「それじゃ、これからフィナちゃんたちは街を回るんですね」

このあとは適当に街をぶらつく予定だ。

そんなわたしたちにリリカが街の案内を申し出てくれる。

「仕事はいいの？」

「お母さん」

リリカはねだるようにウィオラさんを見る。

「いいわよ。行っていらっしゃい」

「お母さん、ありがとう」

ウィオラさんの許可ももらい、リッカが街を案内してくれることになった。

　買うことになっている鍋などは、全部そろってから引き取ることになった。ロージナさんは鍋など、作ることになったもののリストを見て、ため息を吐いていた。

「お父さん、頑張って鍋を作ってね」

「おまえは俺に剣を作らせようとしていたんじゃないのか？」

「今は鍋だよ。頑張って鍋を作って、お金を稼いでね」

　リリカはロージナさんに鍋などの調理器具を作るように言い、店番はウィオラさんに任せ、わたしたちと一緒に店を出る。


　そして、街中をしばらく歩いていると「クマだ」「なんだ、あの格好は」「クマさん？」などと、いつもの声が聞こえてくる。もちろん、わたしは聞こえないふりをして歩く。

「…………」

「…………」

　フィナもルイミンもスルーする。でも、一人だけスルーできない人物がいる。

「えっと、あらためて聞くけど。ユナちゃんはどうして、クマさんの格好をしているの？」

　リリカが周囲を見ながら尋ねてくる。その言葉にフィナとルイミンは「そのことを聞いちゃダメだよ」とジェスチャーをしている姿がある。たしかに聞いてほしくないけど。もしかして、2人に気を使わせている？

「もしかして、聞いちゃダメだった？」

「まあ、どっちかといえば聞いてほしくないけど」

「でも、みんなユナちゃんのことを見ているから、気になって」

リリカは恥ずかしそうに周囲に目を向ける。すれ違う人や遠くにいる人がわたしたちのほうを見ている。

「きっと、ドワーフ、エルフ、人族、クマと、みんな種族が違うから珍しいんだよ」

わたしはクマさんパペットでリリカ、ルイミン、フィナ、最後に自分を指す。4人とも人種が違うから、目立っているだけだ。だから、決してわたしだけのせいではない。

「ユナお姉ちゃん……」

「ユナさん……自分で、クマって」

フィナとルイミンに呆れ顔で見られる。

だって、わたしを人族に入れたら、それはそれでツッコミが入ったような気がする。

「まあ、ユナちゃんが話したくないならいいけど、目立つね。みんなは平気なの？」

「わたしは大丈夫です。慣れました」

慣れたと笑顔で言うフィナ。慣れたってなに？　見られること？　恥ずかしいこと？

「わたしは慣れないです。なんだか自分が見られている気がして」

ルイミンはモジモジしながら、周囲を見る。

「まあ、この街だとユナちゃんの格好は珍しいからね。王都だと、ユナちゃんみたいな服を着ている人はたくさんいるの？」

リリカの言葉にフィナとルイミンはお互いの顔を見る。

「わたし、王都には1回しか行ったことがないので」

「わたしも数回しかないので」

2人は王都にはクマの着ぐるみを着た人はいないことを知っているのに、誤魔化そうとしてくれる。わたしは大丈夫だから、素直に一人もいないって言えばいいよ。クマさんは物陰で寂しく泣いているから。

「そうなんだ。でも、たくさんいたら、可愛（かわい）いかもね」

もし、冒険者や王都の住民たちが、わたしのような着ぐるみの格好をしていて、街がそういう人であふれ返ってたら、想像しただけで、わたしの精神が削られていく。

とてもじゃないが、仲間が増えたと喜べない自分がいる。

それに、そんなことになれば、人類の服装の歴史が終わりを迎えてしまう。

427 クマさん、買い物をする

わたしにクマの着ぐるみを脱ぐという選択肢はないので、リリカには諦めてもらう。

リリカは周囲の視線を諦め、歩きだす。

「当然だけど、本当にドワーフが多いね」

クリモニアでも王都でも見かけることはあるけど。こんなに多く見かけることはない。右を見ても左を見ても、前から歩いてくるのもドワーフだ。

ドワーフは身長が低い。成長した男性でも、それほど背は高くない。わたしと同じか、少し高いぐらいだ。女性ドワーフはわたしと同じか、少し低い。ちなみにリリカはわたしより少し低い。

「ここには鉱山や森林などの資源がたくさんあるから、わたしたちドワーフが住むには適しているからね」

資源についてはどこの国でも大切なのは変わらない。ただ、ドワーフがものを作ることに特化している種族なのはゲームや本と変わらないようだ。

「それで、フィナ、ルイミン、行きたいところや、見たいものってある？」

「わたしは、ユナお姉ちゃんが行きたいところだったら、どこでも」

「わたしは買い物が目的だったから」

「ユナお姉ちゃんは、行きたいところってあるんですか？」

「う〜ん、それじゃ、適当にぶらつきながら、気になったお店でも覗いていこうか。あ、お土産も探したいな」

「うん」

「はい」

なにか、珍しいものがあったら、ノアに買っていくのもいいかもしれない。

ノアにはなにも言わずに来ているので、「どうして、わたしも連れていってくれなかったんですか！」と文句を言われても困るので、お土産を用意しておきたい。

「お土産が買えるお店に案内してくれると助かるかな」

わたしはリリカにお願いする。

リリカは快く承諾してくれる。

そんなわけで、わたしたちはお土産になりそうなものを探しつつ、リリカの案内で街を探索することになった。


「ここなんてどうですか？　鉄細工の可愛い小物やアクセサリーを売っていますよ」

小さな雑貨店。リリカはわたしたちの確認も取らずに雑貨店の中に入っていく。わたしたちはリリカの後を追ってお店の中に入る。

店の中はリリカの言うとおりに、棚やテーブルの上に指輪やネックレス、髪飾り、ブローチ、女性向けのアクセサリーが並んでいる。どれも鉄で作られている。

「綺麗です」

「本当です」

フィナとルイミンが棚に並ぶアクセサリーを見ている。

「フィナちゃんに、これなんてどうですか？」

リリカが青色に彩色された綺麗な花飾りを手に取り、フィナに見せる。

「可愛い花です。色も綺麗です」

「ルイミンちゃんの薄緑色の髪には赤色かな。花が咲いているようで似合うよ」

リリカが髪飾りをフィナとルイミンの髪に当てて、確認する。

「本当ですか？」

「ほら、鏡があるから、見てみて」

髪飾りをつけたフィナが、恥ずかしそうに鏡に映った自分を見ている。３人は鏡の前で髪飾りを確認する。女の子同士の楽しい会話に花が咲いている。でも、フィナが値札を見て悩んでいる姿がある。

「ちょっと高いかも」

「村だと、あまりお金を使わないので、わたしも自分のお金はあまり持っていないです」

フィナとルイミンが値段と品物を見比べて、ゆっくりと品物を棚に戻す。

わたしはフィナが棚に戻した青色に彩色された花飾りを手に取り、フィナの髪に当ててみる。

「ユ、ユナお姉ちゃん⁉」

フィナが驚いた表情を向ける。

「フィナ、動かないで。分からないでしょう」

「どうして、わたしの髪に当てているの？」

「フィナにプレゼントするんだから、似合っているか確かめないと分からないでしょう」

「プレゼント？　いいです。高いです」

「せっかく来たんだから、思い出に買ってあげるよ。ルイミンも買ってあげるから、好きなものを選んでいいよ」

「でも」

「気にしないでいいよ。フィナにはいつもお世話になっているし、ルイミンは、街まで案内してくれたお礼と思ってくれればいいよ」

わたしの言葉にフィナとルイミンはお礼を言うと、嬉しそうに、いろいろな髪飾りやネックレス、ブローチなどを着けて鏡の前で確認し始める。

２人とも女の子だね。わたしが持ち合わせていない感覚だ。他の女の子に選んであげるのはいいけど。自分のとなると、選ぶ考えも浮かばない。

「ユナさん、男ではないですよね？」

わたしとフィナとルイミンのやり取りを見ていたリリカが、真面目な顔で尋ねてくる。

「それって、どういう意味？」

胸がないからと言いたいのかな？

それは着ぐるみのせいであって、分からないだけだよ。

「だって、ユナさんの行動って、男前なんだもん。ナイフで鉄を斬るところもそうだし。お父さんにも認められるし」

そっちの理由ね。

「たしかに、ユナさんって、格好いいですよね。わたしを助けてくれたことや、村を救ってくれたときの行動なんて、どんなエルフの男の人より格好よかったです」

「はい、ユナお姉ちゃんは格好いいです」

ルイミンとフィナまで、そんなことを言いだす。

女の子としては、格好いいは褒め言葉じゃないような気がする。

「褒めても、何も出ないよ。ほら、2人とも選んで」

「それじゃ、ユナお姉ちゃんに選んでほしいです」

「わたしも」

2人が頼んでくる。

「分かったよ。でも、似合わなくても、文句は言わないでね」

「大丈夫です」

「ユナさんが選んでくれたものなら、なんでも嬉しいです」

そんなわたしたちのやり取りを見ていたリリカは「やっぱり、男の人かも」と呟いていた。


「ユナお姉ちゃんは買わないの？」

わたしが2人のアクセサリーを選んでいると、フィナが尋ねてくる。

「2人と違って、わたしは似合わないからね」

クマさんフードに髪飾りをつけても、クマの首にネックレスをしても、胸にブローチをつけても、手首にブレスレットをしても、クマの着ぐるみには似合わない。

鉱山のときに会ったバカレンジャーがいたら「ペットに首輪は必要だろう」とか言いだしそうだけど、首輪は置いていない。もっともそんなことを言われたらクマパンチが飛ぶ。

「ユナお姉ちゃんは綺麗な髪をしているから、似合うと思うのに」

「ユナさんの髪は長くて綺麗ですよね。わたしが男だったら、絶対にほっとかないですよ」

「2人とも、ありがとう」

フィナとルイミンのお世辞を鵜呑みにするわたしじゃない。まして、わたしを慕ってくれる

2人だ。本当のことは言えないかもしれない。だから、2人の言葉は、話半分に聞いておく。

フィナとルイミンの髪飾りを選び、今度はフィナと一緒にノアとミサ、それからシュリへのお土産を選ぶ。

ルイミンはリリカさんと楽しそうに他のアクセサリーを見ている。

「ノア様なら、こっちかな？」

フィナが銀色の装飾された髪飾りを手にする。

「それなら、ミサはこっちだね。どう思う？」

わたしは金色の装飾された髪飾りを手にする。

ノアとミサは姉妹みたいなものだ。おそろいの髪飾りが合うと思う。

「いいと思います」

フィナからも、お墨付きをもらったので、2人にはこれにすることにする。

「それじゃ、シュリには、フィナとおそろいでいいかな」

わたしはフィナに選んであげたアクセサリーに似たものを購入する。

ノアとミサの分はわたしがお金を払う。でも、シュリの髪飾りの代金はフィナの希望もあり、わたしとフィナが半分ずつ出し合った。

フィナとルイミンはさっそく、買ってあげた髪飾りを着ける。フィナには青い花が細工された髪飾りが、ルイミンには赤い花の髪飾りが着けられている。

「ユナお姉ちゃん。似合っていますか？」

フィナは振り返り、わたしのほうを見る。

「とっても可愛いよ」

わたしの言葉にフィナは嬉しそうに照れる。

「ユナさん、ユナさん、わたしは？」

「ルイミンも似合っているよ」

ルイミンもわたしが選んだ髪飾りをわたしに向ける。

可愛い子は何を着けても似合う。その様子を見ていたリリカが「女性を褒める男の人みたいです」と呟いていた。

酷い、わたしは見たまんまを答えているだけなのに。

「ルッカにはなにを買っていこうかな。流石に髪飾りやアクセサリーを買っても喜ばないだろうし。フィナちゃんは妹がいていいいな」

たしかに、同じ女の子でも好みなどは違う。さらに性別が変われば、好みは全然変わってくる。

ルイミンの言うとおり、男の子は髪飾りは欲しがらないと思う。

「男の子なら、ナイフとかいいんじゃない？」

ルイミンの悩みにリリカが答える。

すぐにナイフが出てくるとは、流石鍛治職人の娘といったところだ。

「男の子は、武器が好きですよ」

なんとなく分かるような気がする。わたしが元いた世界でも修学旅行などで、男の子たちが木刀などを買う話を聞く。

「う〜ん、勝手にナイフをプレゼントしたら、お父さんに怒られるかも」

この世界の基準が分からないけど、幼い子供にナイフを与えてもいいかどうか疑問もある。

10歳のフィナにミスリルナイフをプレゼントしたわたしが言うセリフじゃないけど。

わたしには、異世界のエルフの男の子が何が欲しいかなんて分からない。

この中にエルフの男の子へのお土産にアドバイスできる者がいないので、わたしたちはルッカのお土産になりそうなものを探しつつ、街を探索することにした。


「あっ、ここがいいかも」

ルイミンが小窓からお店の中を覗く。

「ここは雑貨屋ですね」

お店の中に入ると、壁掛けや、テーブルの上に飾る小物などが売られている。

その中で、ルイミンが一つの棚を眺めている。

そこには10㎝から30㎝ほどの高さの甲冑騎士や冒険者などを鉄で作ったフィギュアがあっ

ジョン。

た。しかも、いろいろなポーズがある。普通に立っているバージョンや、剣を構えているバージョン。

2つを並べると、戦っているように見える。そうなると魔物がいてもいいかもしれない。

それにしても鉄でよく作れるものだ。

「格好いい。これなら、ルッカも喜ぶかも」

「それはなかなか人気があって、いろいろな街から商人が買い付けに来たりするんですよ」

たしかに、これは人気があると言われれば納得する。

「こっちの棚は動物が並んでいますよ」

フィナが見ている棚には馬や牛、豚、鳥、それから、わたしが見たことのない動物が並んでいる。全部買えば、動物園が作れそうだ。他の棚には爬虫類もいる。ヘビやカエルなんて誰が欲しがるのかな？

そんな中、フィナとルイミンが動物が並んでいる棚を一生懸命に何かを探すように見ている。

「クマがいないね」

「はい、いないです」

どうやら、2人はクマを探していたらしい。でも、たしかにいないね。もしかして、人気がないから作らないのかな？　それはそれで寂しい。

そんな残念そうにしているフィナとルイミンに女性の店員さんが声をかけてくる。

「ごめんね。クマの置物は、最近エルファニカ王国の商人が買っていって売り切れているの。なんでも、クマを買い求めるお客様が増えているって聞いたよ。だから、クマ好きの嬢ちゃんには悪いけど、ゴメンね」

お店の店員さんがわたしの格好を見ながら、教えてくれる。

決して、わたしはクマ好きだからってこの格好をしているわけじゃない。でも、店員さんは微笑ましそうにわたしのことを見ている。

そんな目で見ないで。

「でも、なんでクマが売れているんだろうね」

「うぅ、クマさんが欲しかったです」

鉄のクマの置物がなかったので諦めてお店を出る。

別に騎士でもよかったんじゃないかな。騎士とか格好よかったよ。

次に木工職人の木彫りのお店にも行くが、そこにもクマはなかった。やっぱり、エルファニカ王国の商人が買っていったらしい。

「そんなにクマにこだわらなくてもいいと思うけど」

「いえ、ルッカもクマが好きだから、クマが喜ぶはずです」

そんな言い切らなくても。でも、なんでこんなにクマが売れているのかな。不思議でならない。

それから、別のお店を回り、クマの置物を手に入れたルイミンは嬉しそうにしていた。

そして、どういうわけかフィナも買っていた。土や石製でよければわたしが魔法で作ってあげたのに。でも、それだとお土産にならないかな？


そして、わたしもいいものを見つけ、みんなに気付かれないように買い、フィナたち3人にプレゼントする。

「ユナお姉ちゃんこれは？」

「綺麗な細工がされた小箱が売っていたから、買ったんだよ。さっき買った髪飾りや学園で買った髪飾りをしまうといいよ」

「ユナお姉ちゃん、ありがとう」

「ユナさん、わたしも？」

ルイミンはわたしと小箱を見比べる。

「フィナだけに買うのもあれだからね。初めに買った髪飾りでもしまって」

「一生大切にしますね」

エルフのルイミンが言うと何百年にもなりそうで怖いんだけど。

「でも、どうしてわたしまで」

小箱を持ったリリカが不思議そうにする。

「街を案内してくれたお礼だよ」

さっきは髪飾りをプレゼントするのを断られたから、黙ってリリカの分も購入した。

「でも、年下の女の子にもらうのは」

「わたし15歳だよ」

「わたしは18歳だよ」

わたしとリリカの首が同時に傾く。

「え～～～ユナちゃん、15歳なの？　もう少し下かと思っていた」

やっぱり、だから、「ユナちゃん」って呼んでいたんだね。

それにしても、エルフにしろ、ドワーフにしろ、年齢が分からないよ。

そのうちに年齢詐欺(さぎ)で訴えられても知らないよ。

428 クマさん、試しの門を見に行く

わたしはリリカの年齢を聞いて、呼び方を変えるか悩む。流石(さすが)に年上を呼び捨てにするのは気が引ける（クリフ、トウヤは除く）ので、リリカさんと呼ぶことにした。リリカさんからは気にしないでと言われたけど。

でも、リッカちゃんって呼ばなくてよかった。

そして、お土産を買ったわたしたちは、少し遅めの昼食を食べる。もちろん、食堂に入ったら注目の的だったよ。

「リリカさん、ありがとうございました。弟にいいものが買えました」

ルイミンは嬉しそうにしているが、本当にクマの置物をお土産にして、弟のルッカが喜ぶのかな。だからといって、エルフの男の子に騎士の置物も似合わない気がする。エルフの子供だったら、なにを喜ぶのかな？

「喜んでもらえたなら、よかったよ。食事を終えたら、次はどこへ行きます？　どこでも案内しますよ」

まだ、全てを回ったわけじゃないけど、ちょっと行ってみたいところがある。

「この街に試しの門があるって聞いたけど、どこにあるの？　わたし、ちょっと見てみたい」

「試しの門？　もしかして、ユナちゃん。参加するの？」

「参加はしないよ」

そもそも、クマに頼む武器職人はいない。

「知り合いの冒険者が参加するから、少し気になって」

少しどころか、かなり興味がある。面白そうなイベントだ。参加してみたいけどできないので、ジェイドさんの応援に行くつもりでいる。その前に一度、試しの門を見てみたかった。

「そうなの？　ゴルドもガザルもお父さんもユナちゃんの実力を褒めていたのに、もったいない。お父さんが剣を作れば、ユナちゃんに頼むのに」

「もう、ロージナさんは剣を作らないの？」

「う〜ん、分からないです。今はやる気が起きないみたいです。でも、ゴルドとガザルのナイフを見たとき、久しぶりにお父さんの真剣な顔を見ました。もしかすると、作るかもしれないです」

もし、そうなったらいいね。わたしとフィナが来たかいがあった。フィナがいなければ、ゴルドさんのナイフを見せることができなかった。わたしが来なければガザルさんのナイフを見せることができなかった。2人が作ったナイフを見せることができてよかった。

ただ、問題は、ゴルドさんとガザルさんに、どう報告するかだ。

師匠のロージナさんが剣を作っていないと知ったら悲しむかもしれない。

本当のことを言うか、誤魔化すか。2人に会うまでに考えておかないといけない。

でも、今はドワーフの街を楽しむことにする。


昼食を終えたわたしたちは試しの門がある場所に向かう。

「初めに言っておくけど、中には入れないよ」

「閉まっているんだよね」

「うん、誰にも開くことができないし、開いていても、勝手に入ることはできないよ」

まあ、ジェイドさんがどんな場所で試練を受けるか、気になるだけなので、問題はない。

「あと、長い階段を上ることになるけど、みんな大丈夫？」

リリカさんが言うには試しの門へ行くには、街外れにある場所から、長い階段を上っていくらしい。

まあ、どんなに長い階段でもクマ装備があるわたしは大丈夫だ。

「わたしは大丈夫だよ。2人は？」

「わたしも見てみたいですから、一緒に行きます」

「わたしも行きますよ」

フィナとルイミンも元気に返事をする。

そして、街外れまでやってくる。

そこには想像以上の光景が待っていた。

目の前には山に向かって階段がずっと続いている。

「もしかして、この階段の上?」

「この上です」

わたしは見上げる。見ただけで、太ももが痛くなりそうだ。

「いったい、何段あるの?」

「数えたことがないから、分からないです」

わたしも、流石に見ただけでは階段の数は分からない。

ただ、とてつもなく長い階段なのは間違いない。


わたしとフィナはゆっくりと階段を上っていく。ルイミンは身軽に数段飛ばしで駆け上がっていく。リリカさんは「上れるかな」と小さな声で呟きながらも上っていく。

背が低いリリカさんとフィナには辛いかもしれない。

わたしたちがゆっくりと階段を上っていると、フィナが上を見る。

「うぅ、ルイミンさん。もう、あんな上にいます」

ルイミンはかなり先のほうで手を振っている。流石、森で育ったエルフだけのことはある。

この程度の階段はルイミンにとっては普通の道を走るのと同じみたいだ。

フィナはルイミンを追いかけようとしたが、途中で息切れをし、途中から自分のペースで上り始める。わたしはフィナのペースに合わせて上っていく。

「疲れたら言うんだよ」

「はい」

わたしたちはルイミンを先頭に階段を上る。リリカさん、フィナ、最後にわたしが続く。そして、階段を半分ほど上ったところでフィナの足が止まる。

「フィナ。ちょっと休もうか」

わたしはクマボックスから冷たい水を出してフィナに渡してあげる。水が入ったコップを受け取ったフィナはコクコクと一気に飲み干す。

「ユナお姉ちゃん、ありがとう」

「ユナちゃん。わたしも水が欲しい」

リリカさんにも同じように冷たい水を渡してあげる。

「冷たくて、美味(おい)しい」

「ユナさん、わたしにもください」

上のほうにいたはずのルイミンが近くにいた。わざわざ、水を飲むために戻ってくるなんて元気だね。とてもじゃないがわたしの家の前に倒れていた人物と同じとは思えない。まあ、あれは数日間、なにも食べていなかったからでもある。

ルイミンに水が入ったコップを渡し、わたしも水を飲む。

そして、小休憩したわたしたちは階段上りを再開する。

階段は続く。クマ装備がなければ、貧弱なわたしじゃ、絶対に階段を上り続けることはできなかった。

本当にクマ装備には感謝だ。

そんなチート装備をつけながら階段を上っているわたしに対して、フィナは額に汗を浮かべながら頑張っている。

うぅ、罪悪感が込み上げてくる。

「フィナ、疲れたなら、わたしの背中に乗る？　それともお姫様抱っこがいい？」

わたしは自分の罪悪感を減らすため、フィナに背中と腕の中をすすめてみる。

フィナは少し微笑んで「大丈夫だよ」と返す。

本当にフィナは頑張り屋さんだ。

「でも、疲れたら言ってね。いつでもわたしの背中と腕の中は空いているからね」

そして、ついに長い階段を上り終え、下を見る。長い階段が続いている。よく、上ってきたものだ。クマ装備がなければ、絶対に上りたくないね。でも、チート装備がない他の3人はちゃんと自力で上った。

「疲れました。でも、気持ちいいです」

　フィナは息を切らしながら眼下に広がる街並みを見ている。わたしたちの目の前には街全体の景色が広がる。これだけでも上ってきたかいがある。

「試しの門に参加する人って、みんな上ってくるの？」

「一年に1回です。それに鍛冶職人は付き合うだけで、試練に挑むのは冒険者だから大丈夫です」

　まあ、武器を振るうのは冒険者だ。冒険者なら、山や足場が悪いところも歩く。階段ぐらい簡単に上るはずだ。普通の人と鍛え方が違う。わたしはクマさんチートがなければ絶対に冒険者なんて無理だった。


　眼下の景色を見たあと、山側も見る。階段を上った先には広場が広がっていた。

「ユナちゃん、こっちだよ」

　リリカさんが歩きだすので、わたしたちも後をついていく。

　奥の山際に建物が見え、その近くに門みたいなものが見える。

　リリカさんが扉の前で止まる。

「これが、試しの門？」

洞窟の穴を塞ぐように、試しの門があった。

見た目はクマの転移門に近い。

「うん、これが試しの門だよ」

わたしたちは門の近くに寄る。

「それで、いつ開くの？　近いうちに開くみたいなことを言っていたけど」

トウヤの試験期限は試しの門が閉まるまでだ。そのことも気になるので尋ねる。

「正確な日にちは誰にも分からないの。ただ、魔力が満ちたとき、扉は開くの。それが毎年この時期ぐらいとしか」

「リリカさんの言い方だと、門が勝手に開くように聞こえるんだけど」

「うん、試しの門は勝手に開き、勝手に閉まるんだよ」

「不思議だね」

「うん。でも、武器職人にとって、大切な場所だよ」

クマさん装備の力で無理やり開けたい気持ちもあるけど、流石に自重する。

数日後には開くというし、早く開くことになって、トウヤの試験の期限が縮まって、落ちでもしたら申し訳ない。

でも、早く開くといいな。

「リリカさんは中を見たことはあるの？」

門の先は岩山であり、洞窟になっていると思うけど、残念ながら、今は先を見ることはできない。

「わたしも試しの門の中には入ったことがないので詳しいことは分からないの」

「入ったことがないって。もしかして、試しの門の中って、開いても見られないの？」

「試しの門の中に入れるのは武器を作った鍛冶職人と武器を扱う者だけだから、他の人は入れないの」

それだとジェイドさんの応援ができない。そもそも、それじゃ試練が見られない。

試しの門の中に入るには参加しないとダメらしい。イベントがあるのに、参加することも、見学もできない。元ゲーマーとしては生殺しだ。観戦するだけでも楽しいのに。

「お父さんの聞いた話だと、試しの門の奥は広い空間になっていて、そこで、自分の作った武器を試すみたい」

「試すって、なにをするの？」

「お父さんは詳しくは教えてくれなかったけど、扱う武器や職人によって、それぞれ試練の内容は違うみたいだよ」

内容が違ったら、誰の武器が一番か分からない気がするんだけど。

「それじゃ、誰の武器が優秀かわからないんじゃ」

「武器作りは自分との戦いで、昨日の自分より、今日の自分。1か月前の自分より、今日の自分。1年前の自分より、今日の自分だと。いかに昔の自分より成長しているかを確かめるのが目的だって。だから、他人と競うのが目的じゃないからだと思いますよ」

「流石、武器職人の娘だね」

「昔、わたしもユナさんみたいに尋ねたことがあったんです。だから、これはお父さんの受け売りですよ」

リリカさんは恥ずかしそうに言う。

でも、ロージナさんが言っている意味は分かる。

去年の自分より、いかに成長したかを確認するためのものだろう。だから、ロージナさんも、本来は去年と同じ冒険者に頼むと言っていた。

でも、自分自身と戦うのもいいけど、戦う相手がいるのも大切だ。友と書いてライバルと読むとかあるしね。それで成長することもある。

「それに武器にはナイフや剣、槍にハンマー、他にもいろいろな種類があるから、どれが優秀な武器なのかは選びようがないですよ」

まあ、それを言われたら、そうだけど。部門別とかあってもいいと思うのはわたしだけだろうか。そう考えてしまうのは、ゲーム脳だからかな？

でも、試しの門は人が判断するのでなく、試しの門自体が判断するらしいから、そこまで求めるのには無理があるのかな。でも、そんな話を聞くと余計に試しの門の試練の内容が気になってくる。

あとは試練が終わったあとにジェイドさんに聞くしかないかな。

429 クマさん、ルイミンをお姫様抱っこする

「リリカさん、あの建物はなに？」

門の近くにはちょっとした建物がある。

「そこは、鍛冶（かじ）ギルドが管理する建物だよ。まあ、試練を行うときの休憩所に使ったり、受付をしたりする場所。だから、使われるのは試しの門が開いているときだけだよ」

こんな場所に？　と思ったけど、アイテム袋があれば資材を運んできて建てることができるのかな。

「ガザルとゴルドもいたっけ」

「２人も参加したことがあるの？」

「あるよ。２人とも見習いだったとき、自分の剣を使って試練に挑戦してくれる冒険者がなかなかいなくて困って、新人冒険者に頼んだら、冒険者の腕が悪くて悲惨だったとか。よく話していたよ。そしたら、お父さんがお前たちの腕が悪いんだって怒って。ふふ、懐かしいな」

「ゴルドおじさんにも、そんな時期があったんだね」

話を聞いていたフィナが不思議そうにする。

当たり前だけど、あの２人にだって見習い時期がある。初めから、一人前の武器を作れる者

なんていない。

　でも、フィナの気持ちも分からなくはない。今の2人を見ていると、見習いの姿なんて想像はできないよね。


　試しの門を見て、見習い時代のガザルさんとゴルドさんの話を聞いたわたしたちは帰ることにする。帰るってことは、あの長い階段を下りるってことだ。

「上るのは大変でしたが、この景色を見られただけでもよかったです」

「ルイミンは楽に上っていたでしょう」

「大変でしたよ」

「嘘はよくないよ」

　わたしはルイミンのほっぺを左右から引っ張る。

「い、いたいです」

「それなら、嘘はダメだからね」

　わたしはほっぺから手を離す。

「うぅ、楽に上っているように見えても、大変だったのに」

「大変だったっていうのはフィナとかリリカさんのことをいうんだよ」

「はい、本当に疲れました」

「わたしも、あまり上りたくない」

フィナとリリカさんは、やっぱり辛かったらしい。

「フィナ、おんぶしようか？」

「うぅ、大丈夫です。ユナお姉ちゃんは、どうして、わたしをおんぶしようとするんですか？」

「だって、一番年下だし、エルフでもドワーフでもないし」

心の中で「クマでもないし」と呟く。

エルフは身軽そうで、ドワーフは体力がありそうなイメージがある。ちなみにクマは万能ってイメージになっている。そうなるとこの中ではフィナが一番弱く感じる。

だから、なにかと手を差し伸べたくなってしまう。

「それじゃ、フィナちゃんがユナさんの背中がいらないなら、わたしが貸してもらおうかな」

わたしとフィナの会話を聞いていたルイミンがわたしの背中に抱きつく。

「わたしの背中はフィナのものじゃないよ」と反論しようとしたが、面白いことを思いついたので、ルイミンの提案を了承する。

だけど、背中ではなく、前に来てもらう。

「えっと、なんで、前なんですか？」

わたしは、足払いをするとルイミンをお姫様抱っこする。

「ユ、ユナさん？」

「しっかりつかまっていてね。落ちたら、死ぬからね」

わたしはニコッと微笑む。

「どうして、笑うんですか？　階段を下りるだけですよね？」

「…………」

わたしはルイミンから視線をゆっくり逸らす。

「どうして、目を逸らすんですか!?」

わたしはその問いには答えずに、ルイミンをお姫様抱っこしたまま階段の横に立つ。階段の横は崖になっており、飛び降りるにはちょうどよい場所だ。

「ユ、ユナさん、そこに階段はないですよ」

ルイミンが不安そうにする。

「それじゃ、フィナ、リリカさん。先に降りているね」

「ユナお姉ちゃん？」

「ユナちゃん？」

わたしは駆けだすと、崖から飛び降りた。

腕の中から悲鳴があがり、ルイミンの腕に力が入る。

わたしは途中の足場になっている場所でワンクッション、ツークッション入れて、一気に下

まで降りていく。そして綺麗に着地を決めた。

腕の中ではルイミンがわたしの首に強く抱きついている。これがクマ装備じゃなかったら、絶対できない芸当だ。

「ううぅ、ユナさん。いきなり、飛び降りるなんて酷いです。怖かったです」

ルイミンは腕の中から降りると、地面に腰を下ろす。目にはうっすらと涙が浮かんでいる。本当に怖かったみたいだ。

「だって、普通に降りてもつまらないと思って」

安全なバンジージャンプみたいなものだ。楽しんでもらえると思ったけど、楽しめなかったようだ。

「もしかして、腰を抜かした？」

「誰のせいだと思っているんですか！」

ルイミンは文句を言うが、足が震えて立てずにいる。

「うぅ、怖かった」

「もしかして、漏らした？」

「漏らしてないです！」

ルイミンは思いっきり否定した。

そして、フィナとリリカさんが階段を駆け下りてくると、私たちのところにやってくる。

「ルイミンさん、大丈夫ですか？」

「うぅ、フィナちゃん、怖かったよ。死んだかと思ったよ」

ルイミンはフィナに抱きつく。どうやら、歩けるようになったみたいだ。

「ユナちゃんは、ルイミンちゃんを抱いて、あんな高い場所から飛び降りて大丈夫なの？」

リリカさんが心配そうに尋ねてくる。

「魔力で強化しているから大丈夫ですよ」

「ユナちゃんって、本当に見た目と違って、凄いのね」

心配していた表情が呆れ顔に変わった。

まあ、こんなクマの格好した女の子が強いとは思わないよね。

「今度、フィナとリリカさんにもやってあげようか？」

「お断りします」

「わたしもお断りします」

フィナとリリカさんの2人は思いっきり、首を横に振った。

楽しいと思うのに残念だ。


それから、ルイミンは機嫌を直し、夕食はリリカさんの家、つまりロージナさんの家で一緒にいただくことになり、今日の出来事やクリモニアの話、王都の話をする。

リリカさんがエルフの村のことを聞きたがり、ルイミンがエルフの村の話をする。

「わたしもルイミンちゃんのエルフの村やフィナちゃんの街にも行ってみたいな」

「王都はいいの？」

「もちろん、王都も行ってみたいよ。ガザルがしっかり仕事をしているかも、見たいしね。でも、遠いから、簡単には行けないからね」

クマの転移門があるから、わたしなら簡単に行き来することができる。でも、普通の人からしたら、王都は遠い。

「ユナちゃんたちは、よくそんな遠いところから来たね」

「わたしには召喚獣がいるからね」

「召喚獣？」

クマの転移門のことは説明できないので、そう答える。まあ、実際にエルフの村から、くまゆるとくまきゅうに乗ってきたので嘘ではない。

「ユナさんの召喚獣はクマで、凄く可愛いんですよ。しかも速くて、わたしの村から、2日もかからずに来たんです」

「そうなの？　でも、クマって怖いんじゃ」

「くまゆるちゃんとくまきゅうちゃんは可愛いです」

「はい、可愛いです」

ルイミンとフィナがくまゆるとくまきゅうの可愛さをアピールする。

「クマの召喚獣……」

リリカさんはわたしのことを見る。

どうやら、くまゆるとくまきゅうを見たいみたいだ。

「えっと、見る？」

「危険はないんだよね？　襲ってこないよね？　食べられたりしないよね？」

リリカさんは確認するように尋ねてくる。

「リリカさんがいきなり襲いかかったりしなければ、危険はないよ」

「そんな怖いことしないよ」

リリカさんは首を左右に振る。

わたしはロージナさんとウィオラさんの許可をもらい、くまゆるとくまきゅうが召喚できる広さの部屋に移動する。

わたしは腕を伸ばして、くまゆるとくまきゅうを召喚する。

「クマ！」

リリカさんはロージナさんの後ろに隠れる。

「黒いほうがくまゆるで、白いほうがくまきゅう」

くまゆるとくまきゅうを紹介すると、フィナとルイミンがそれぞれに抱きつく。

「本当に大丈夫なの？」

「大丈夫ですよ」

「なにもしてこないよ」

フィナとルイミンに言われて、リッカさんはロージナさんの後ろからゆっくりと出てくる。

ロージナさんとウィオラさんは驚いているが、怖がっている様子はない。リリカさんは恐る恐る手を伸ばして、くまゆるに触れる。

「柔らかい。それに気持ちいい」

くまゆるは気持ちよさそうに小さく「くぅ〜ん」と鳴く。リリカさんは、襲ってこないくまゆるに安心して、頭を撫でる。

「こっちは白いクマなんだね。白くて綺麗」

怖くないと分かったリリカさんは、くまゆるとくまきゅうを撫で回す。

それから、リリカさんは子供のように背中に乗ったりして、くまゆるとくまきゅうを堪能した。

どうやら、くまゆるとくまきゅうを気に入ってくれたみたいだ。

わたしたちはロージナさんや料理を作ってくれたウィオラさんにお礼を言って、宿屋に戻った。

「流石に疲れました〜」

ベッドの上に倒れるルイミン。

「足が重いです」

フィナもベッドに腰掛けて、足を揉んでほぐしている。まあ、フィナは頑張って、自分の足で階段を上って、下りたからね。

「それじゃ、お風呂に入ってから休もうか」

「でも、お風呂は……」

「大丈夫だよ」

宿屋にお風呂はなく、銭湯に行かないと入れないらしい。今から行くのもあれだし、人前で無防備になるのは抵抗がある。わたしはメルさんとセニアさんが入ってこないように部屋の鍵をしっかり閉めると、クマの転移門を取り出す。

この部屋にはクマの転移門のことを知っている者しかいない。使わない手はない。

わたしはエルフの森のクマの転移門の扉を開く。

クリモニアのクマハウスでもよかったけど、光をつけたりして、帰ってきていることが知れると、面倒なことになる。でも、エルフの森なら、村からも離れているから、光が多少漏れても、気付かれにくい。それに村長のムムルートさんもクマの転移門のことを知っているので、もしものときは誤魔化すことも容易にできる。

なにより、クリモニアのクマハウスを使って、ルイミンにクリモニアを見たいと言われても面倒なので、エルフの森にあるクマハウスにした。

そして、わたしたちは一日中歩いた足の疲れをほぐしながら、ゆったりとお風呂に入った。

お風呂はいい文化だね。

430 クマさん、社会科見学をする

翌朝、くまゆるとくまきゅうに起こされたフィナとルイミンに起こされる。相変わらず、くまゆるとくまきゅうは2人に取られている。なにか、少し寂しい。今日の夜は、くまゆるぬいぐるみとくまきゅうぬいぐるみでも出して、寝ようかな。

着替えて食堂で朝食を食べていると、メルさんとセニアさんがやってくる。

「3人ともおはよう」

メルさんが声をかけ、セニアさんが手を上げて挨拶してくれる。わたしたちも挨拶を返す。

「ユナちゃん、昨日はごめんね。ロージナさんに会えた？」

「会えましたよ」

武器屋ではなくなっていたことには驚いたけど。

「それで、メルさんたちは買い物は終わったんですか？」

「ええ、ひととおり買ったけど、まだ回らないといけないのよ。あと、作ってもらうものも数点あるしね」

それから、わたしはトウヤのことを尋ねる。

「う～ん、お調子者のトウヤも今回は真面目に落ち込んでいるわね。別に他の鍛冶屋で作ってもいいと思うんだけど。トウヤはクセロさんのところ以外で作る気はないって言いだしているのよ」

「でも、約束させた」

セニアさんが言うには、試験まではトウヤの好きなようにさせる。もし、試験に不合格だった場合は他の鍛冶屋で作ることを約束させたという。

数日で技術が上がるとは思えないけど、大丈夫なのかな。

「トウヤは実力はあるのよ。ただ、本番に弱いのよね。いつもお調子者のように振る舞っているのも、自分の本音を隠すためでもあるのよね。それを知られていないと本人は思っているようだけど」

そうなんだ。単なるお調子者かと思っていた。

「だから、今回はトウヤの好きなようにさせるつもり。買い出しはトウヤがいなくても大丈夫だからね。それで、ユナちゃんたちは今日はどうするの？」

「今日もロージナさんのところに行きますよ」

「昨日、行ったんでしょう？　もしかして、武器でも作ってもらうの？」

やっぱり、メルさんはロージナさんが武器を作らなくなったことを知らないみたいだ。わたしはロージナさんが武器を作るのをやめ、鍋などを作っていることを話す。

「嘘や冗談じゃないのよね」

「今は鍋やフライパンを作ってますよ」

「その鍋やフライパン、強そう」

セニアさんの言葉に同意してしまう。

「それで、今日は昨日頼んだ鍋やフライパンを作るところを見学させてもらうことになってるから」

昨日の夕食のときにフィナとルイミンが、鍋を作るところを見てみたいと言いだし、ロージナさんが了承してくれた。

それで、今日はロージナさんのところで、鍋やフライパンを作るところを見学させてもらうことになっている。

まあ、社会科見学みたいなものだ。

わたしとしては鍋やフライパンより、剣を作るところを見てみたかった。


買い出しに行くメルさんとセニアさんと別れたわたしたちは、ロージナさんのお店にやってくる。お店の中に入るとリリカさんが出迎えてくれる。

昨日も思ったけど、背が低い。

わたしより年上とは思えない。

「待っていたよ。お父さん、もう仕事しているから、奥に行っていいよ」

リリカさんに許可をもらい。奥の仕事場に向かう。奥からカンカンと鉄を叩く音が聞こえてくる。

「うぅ、暑いです」

「こんなに暑い中で仕事をしているんですね」

フィナとルイミンが仕事場に入るなり、暑そうにする。わたしはクマの着ぐるみを着ているおかげで、暑さは感じない。着ぐるみを着て暑くないって、自分で言っていて、意味がわからなくなってくる。

「本当に来たのか？　昨日は冗談だと思っていたのに。こんな鉄を叩くだけのところを見て楽しいか？」

鍋を作っているロージナさんが、わたしたちが来た早々にそんなことを言いだす。

「はい、どうやって作るのか、楽しみです」

「エルフの村には鍛冶屋はないから、わたしも楽しみです」

「まあ、見るだけなら、好きにしな。でも、危ないものもあるから、勝手にそのあたりのものに触るんじゃないぞ。あと、あまり近づきすぎるなよ。嬢ちゃんたちの柔肌が火傷でもしたら困るからな」

ロージナさんは注意事項を言うと鉄を叩きだす。

そんなロージナさんをフィナとルイミンは真剣に見ている。

鉄の板だったものが形を変え、叩くたびに鉄は魔法のように形が変わっていく。

これは剣とか鍋とか関係ない。

初めは武器じゃないから興味はなかったけど、こうやって形が変わっていくのを見ると、面白いものだ。

作業の様子をフィナとルイミンが額に汗を流しながら、じっと見ている。

わたしは脱水状態にならないように、喉が渇いたら言うように2人に言う。

そして、ロージナさんの神のような手によって、鍋が一つでき上がる。職人技だった。


ロージナさんは次から次へと作り上げていく。

フィナとルイミンは長い間、暑い部屋の中にいることができず、途中で仕事場から出ていった。

「みんな、大丈夫？　作業場は暑かったでしょう」

リリカさんがわたしたちにお茶を出してくれる。

「はい、暑かったです」

「音もうるさかったです」

2人はコップに入った冷えたお茶を一気に飲み干す。

「暑いのもキツイけど。音もうるさいよね。前は3人で作っていたから、音も3倍で大きかったよ」

リリカさんは懐かしそうにする。

ゴルドさんとガザルさんも、いつかは故郷に戻ったりするのかな。わたしは帰れる故郷がない。あえて言うなら、クリモニアが故郷になりつつある。


わたしたちが冷たい飲み物を飲んでいると、ロージナさんがやってくる。

ロージナさんもリリカさんから飲み物をもらう。

「見てて楽しかったか？」

ロージナさんは水を飲みながら、フィナとルイミンに尋ねる。

「はい。硬い鉄が叩くたびに形が変わっていくのを見ているのは、不思議な感じがしました」

「鉄は熱いと形を変えやすい。そして、冷えると硬くなる。そこを見極めながら叩く」

「ロージナさんの手が魔法のようでした」

ロージナさんはフィナとルイミンに褒められて、嬉しそうにする。

「剣を作るのと、鍋を作るのはどっちが簡単ですか？」

「……それは剣を作るほうが難しい。剣は強度を強くするだけでなく、叩く、切る、防ぐことを考える。作るときは鉄の温度、叩く力の加減、いろいろと考えないといけない。そして、同じように作っても、同じ剣は2つと作れない。最高の剣を作ったとしても、同じものが作れることはない」

ロージナさんは小さな声でフィナの問いに答える。

「だからといって、別に鍋やフライパンや調理道具が簡単だというわけじゃないぞ。鍋を作るにも苦労はある。ただ、武器には際限なく上があり、求められる。鍋は一定期間使って、消耗すれば交換すればいいが、剣はそれが許されない」

「剣も折れたら、交換すれば」

ルイミンが当たり前のように尋ねる。

「嬢ちゃん。簡単に『剣が折れたら交換すればいい』と言うが、もし戦っているときに剣が折れたらどうする？」

「それは……」

ルイミンは言われて、気付いたみたいだ。

「予備の剣をアイテム袋に入れておけばいいかもしれん。だが、そんな暇も与えてくれない相手だったらどうする。それに、予備の剣が買えない者だっている」

「……はい」

「それから、もう少し切れ味がよければ倒せたかもしれない。もう少し頑丈なら、折れなかったかもしれない。もう少し軽ければ使いやすかったかもしれない。武器にはそのもう少しが際限なく求められる。そのもう少しが武器の使い手の命を救う。武器職人は武器を使う者の命を預かっている。だから、武器を作るのは大変なことなんだ」

クセロさんも似たようなことを言っていた。

だから、良い武器はそれを扱える者に使ってほしい。そのためトウヤはミスリルの剣を作ってもらえない。

一流の職人にとって、武器作りはお金の問題ではないってことだ。

鍋が消耗したからといって、死ぬことはない。それこそ交換すればいいことだ。

「まあ、そこらは鍛治職人の心がけ次第でもある。あくまで俺の考えだからな」

他の職人へのフォローを入れる。

この世には金銭重視の職人もいるってことだ。

こればかりは生活がかかっていることもあるから、一概にどっちが正しいとは言い切れない。

お金がなければ、生きていくのが難しいことは、わたしだって知っている。

「ロージナさんはもう武器は作らないんですか？」

「……分からん」

ロージナさんは、ひと言うと、休憩を終わりにして、仕事に戻っていく。

431 クマさん、もう一度、剣を斬る

わたしはトウヤに差し入れを持っていくために、フィナとルイミンを連れて街の外れに来ている。

「トウヤの特訓は順調なの？」

一緒に来ているセニアさんに尋ねる。

「頑張っている。偶然や奇跡的に、10回に1回は斬れるようになった」

偶然や奇跡的にって、そこは実力がついたって言ってあげようよ。

「そうなの？　それじゃ、一応合格はもらえるんじゃない？」

「トウヤは納得してない。それにクセロから、チャンスは3回と言われている。だから、今のままでは合格はもらえない」

たしかに10回中1回では合格はもらえない。

「厳しいね」

「そんなことはない。甘いぐらい。対象物は動いていない。集中する時間も、斬りかかる間合いも自由。本来は敵も動いている。本当は動いている敵を相手にしないといけない。だから、このテストは甘い」

たしかに言われてみればそうだ。止まっている対象物を斬るだけだ。踏み込む距離もタイミングも自由、深呼吸して、心を落ち着かせることもできる。でも、本来は相手は動くもので、心を落ち着かせる時間は与えてくれない。間合いも斬りやすいように相手が合わせてくれるわけじゃない。離れていれば、剣は届かない。近づきすぎれば、振り下ろすことはできない。本当なら、動いている相手を倒さなければならない。

そう考えると、セニアさんの言葉どおり、甘いテストなのかもしれない。しかもチャンスは3回もある。

「止まっている対象物を切ることができて半人前。動いている対象物を切ることができて一人前」

セニアさんは無表情で口にする。

「だから、今のトウヤは半人前以下」

あらためて思うけど、厳しい世界だ。

わたしたちが森の中に入っていくと、トウヤが剣を振っている姿がある。

「トウヤ、食べ物を持ってきた」

「助かる」

トウヤは剣を振るのをやめて、わたしたちのほうを見る。

「なんだ。嬢ちゃんたちも来たのか？」

「頑張っている？」

「まあな。クセロのおっさんに絶対に認めさせて、剣を作ってもらうからな」

トウヤは剣を鞘に収め、近くの座りやすそうな岩に腰を下ろす。そして、わたしが持ってきた、差し入れのパンを食べる。

「調子はどうなの。セニアさんからは、たまに、偶然に、奇跡的に、何度か斬れたって聞いたけど」

「偶然でも奇跡でもねえよ。俺の実力だ。……ただ、10回に1回ってだけだ」

それを、偶然って言うんだよね。

「でも、もう少しで、感覚が分かる気がする。上手に斬れたときは感覚が手に残っている。あの感覚がいつでもできるようになれば」

トウヤは自分の手をジッと見つめる。

「ジェイドやセニアに聞いても、普通にできるから、参考にならないし」

「天才と凡人の差」

「ふん！　凡人だって、やればできることを証明してやるよ」

この世に天才はいる。教えればなんでもできる。見ただけでできる者もいる。

「側に天才がいると凡人は辛いよね。わたしもその気持ちが分かるよ」

「……」

「……」

「……」

　フィナ、ルイミン、セニアさん、トウヤの4人が呆れたような、「なにを言っているの？」的な表情で、わたしのことを見る。見事に、みんな同じ表情だ。

「なに？」

「嬢ちゃん、それは嫌味ってやつだぞ。あれだけの強い魔物を倒しておいて。その魔力も才能のうちだし、武器の扱いもできるんだろう」

「ユナは天才」

「ユナお姉ちゃんは凄い人です」

「わたしもそう思います」

　どうやら、わたしは天才だったらしい。

　他の人から見ると天才らしいけど、わたしの場合は天才でなく、チートなんだけどね。

「嬢ちゃんは、その年齢でどうやって、その強さを手に入れたんだ？　魔力なら、生まれ持った才能ってことは分かる。嬢ちゃんぐらいの年齢なら、普通は魔物を見れば怖がったりするはずだ。なのに、嬢ちゃんは戦い慣れている。ワームと戦ったときも、スコルピオンと戦ったと

「年齢詐称か!?」

きも、歴戦の冒険者のようだった。……もしかして、年齢詐称か!?

なにかを思いついたように声をあげる。

わたしはトウヤに近づくと軽く蹴り飛ばす。

「年齢詐称はしてないし、戦い慣れているのは、人より経験が多いだけだよ」

ゲームでは経験値稼ぎのために、一日に何百、何千と戦い、それが何日も続くことがあった。

それが魔物を怖がらない慣れであり、経験である。

それに魔物だけなく、対人戦の試合も何百、何千と経験している。間違いなくトウヤよりも多い。

「経験が多いって、いつから戦っているんだよ」

「それは秘密」

乙女っぽく、クマさんパペットを口につけてみせる。

すると、フィナとルイミンに笑われる。どうやら、似合っていなかったみたいだ。

「秘密って、気になるだろう」

「女の秘密を聞くのはよくない」

セニアさんがわたしの背中から抱きつき、トウヤから守ってくれる。

「でも、女同士なら問題はない」

「話しませんよ」

「残念」

ゲームのことは話せないし、どこで戦ったとか説明ができないから、話すことができない。

「嬢ちゃん、俺と試合してみないか」

「トウヤ、やめたほうがいい。恥をかくだけ」

「勝てるとは思わないが、簡単に負けるつもりはない」

「少しぐらいならいいよ」

対人戦は対人戦の面白さがある。

力やスピードはクマ装備のおかげだけど、立ち回りはゲームで得たわたしの技術だ。相手の攻撃を受けたり、避けたりするには技術がいる。

わたしとトウヤは簡単な試合を行う。武器は本物は危険なので、木で作った剣を使用する。

わたしとトウヤは向き合う。そして、セニアさんの合図によって試合が始まる。

………………

…………

……

数分後、落ち込んでいるトウヤの姿がある。

「その、手加減が下手で、ごめん。もう少し、互角っぽくすれば」

トウヤは背中を向けてしゃがみこんでいる。

もちろん、手加減はした。トウヤは弱くはない。でも、強くもない。攻撃はなるべく少なくして、受けるようにした。でも、攻撃が躱されるとトウヤは無駄な攻撃が多くなり、隙ができて、わたしが攻撃をしてしまった。

だって、がら空きなんだもん。

「どうして、そんな動きにくそうな格好なのに動きが速いんだ。それに嬢ちゃんのどこにそんな力があるんだ」

動きにくそうな格好だけど、逆にこのクマの格好でないと速い動きをすることはできない。

トウヤは攻撃が当たらないと分かると力押しで攻撃してきた。でも、わたしのクマの着ぐるみの力で押し返した。

「経験だよ。何度も死にそうになって（ゲームだけど）、そこから、経験を得たんだよ」

「死にそうって」

「だから、そうそう負けるつもりはないよ。わたしだって、簡単に今の実力を身につけたわけじゃないからね」

まあ、筋力などはクマ装備が補完してくれているから、できるんだけどね。それがなければ、剣を振るうことも、力強く踏み込むことも、トウヤの剣を受け止めることもできない。

でも、動作、行動、判断する力はわたし自身のものだ。

「嬢ちゃんなら、クセロのおやっさんの試験も簡単にできるだろうな」

「すでに、ユナはジェイドの剣を借りて、クリアしている」

トウヤの呟きにセニアさんが答える。

「なんで、セニアさんが知っているの？」

セニアさん、あの場にいなかったよね。

「メルから聞いた」

なるほど、メルさん情報か。

「ジェイドから剣を借りたのか。俺にも滅多に貸してくれないのに」

落ち込んでいたトウヤがさらに落ち込む。

「でも、ほら、ジェイドさんの剣と、トウヤが使った剣は違うから。ジェイドさんの剣のほうが良い剣なんでしょう」

「そ、そうだよな」

どうして、わたしがトウヤをフォローしないといけないのだろうか。そこは同じパーティーのセニアさんがするところだよね。

「なら、そのトウヤの持っている剣でやればいい」

セニアさん！　どうして、そんなことを言うかな。わたしが成功したら、ますますトウヤが落ち込んでしまう。わざと失敗するのも、あれだし。

「トウヤ。しっかり、ユナの動き、剣先の動きを見て、学べばいい。もちろん、体格、力はトウヤと違う。でも、勉強になる。わたしはナイフだから、教えられない。ジェイドには、あまり頼りたくないんでしょう」

断ろうとしたけど、セニアさんが真面目な口調でトウヤにメリットを説明する。そのセニアさんの言葉にトウヤは真面目な表情で顔を上げる。

「見て、学ぶか……そうだな。このままじゃ、できるようになるかどうかもわからない。嬢ちゃん、頼めるか」

トウヤは立ち上がり、ミスリルの剣をわたしに差し出す。

断れない雰囲気になり、わたしはやることになる。地面になまくらの剣を刺し、わたしはトウヤからミスリルの剣を借りる。トウヤはわたしの後ろに立ち、集中するように剣を見つめる。

わたしは剣を握りしめる。重さはクマ装備のおかげで感じないけど、少し大きい。素振りをして、間合いを確認する。

「それじゃ、やるよ」

剣の前に立ち、地面に刺さった剣に向けて振り下ろした。なまくらの剣は真ん中あたりで斬れる。

「…………」

トウヤは固まったように斬った剣を見つめている。呆(ほう)けているわけではないようだ。考えているといったほうがいいかもしれない。

「速度、角度、力」

トウヤはぶつぶつと考えていることが口から漏れる。

「嬢ちゃん、もう一度頼む」

トウヤはわたしの許可を得ずに、新しいなまくらの剣を取り出す。そして、剣になにかを結び、地面に刺す。剣には赤い紐が2本結ばれていた。

「嬢ちゃん、この紐と紐の間を斬ることはできるか？　嬢ちゃんの剣筋が速いから、剣を斬る瞬間を把握できなかった。でも、斬る場所が分かっていれば、見ることができる」

どうやら、赤い紐は目印らしい。一点に集中して、斬る瞬間を見逃さないようにするためらしい。

紐と紐の間は1～2㎝ほどしかない。でも、これでトウヤができるようになるというなら、やってあげることにする。

「1回だけだよ」

「ああ、1回でいい」

「それじゃ、対角線に上の紐から、下の紐にかけて斬るから、しっかり見ててね」

わたしたちのやりとりをフィナたちは黙って見ている。わたしは深呼吸をして、クマさんパペットがミスリルの剣を握り締める。そして、上の紐から下の紐に向かって対角線になるように、剣を振り下ろす。

なまくらの剣が紐がついた上の部分と下の部分に分かれる。

周囲から静かに息を吐くのが聞こえる。

トウヤを見ると瞬きをせず、ジッと地面に刺さった剣を見つめている。そんなトウヤに無言でミスリルの剣を差し出すと、トウヤは黙って受け取る。

「参考になればいいけど」

「ああ、十分に参考になった。助かった」

トウヤは剣を握り締めると、振りはじめる。

少しでもなにか感じ取ってくれたなら、嬉しいかぎりだ。

わたしたちはトウヤの練習の邪魔にならないように離れた。

そして、その日の夕食のとき、トウヤから再度、お礼を言われ、驚いた。

なにか、感触をつかんだようだった。

432 クマさん、家を購入する

今日はクマの転移門を置く家を購入するために商業ギルドに向かっている。

今後、ドワーフの街に来るか分からないけど、元ゲーマーとしては転移ポイントは作りたくなる。

それにクマの転移門の数に制限があるわけではないので、置いておいても負担になるわけではない。

なにより、クマの転移門を設置しておけば、帰りが楽になる。

「フィナとルイミンは待っていてもよかったんだよ」

わたしがクマの転移門を置く家を購入するため、商業ギルドに行くことを伝えたら、一緒についてくるという。

「ユナお姉ちゃんが、どんな家を買うか見たいです」

「でも、ユナさん。お金は大丈夫なんですか？　家って、凄く高いですよね」

「うん、まあ、高いね」

といっても、街や王都によって価格は違うし、同じ街の中でも、住みやすい地域と住みにくい地域で価格は違う。

王都に買った土地なんて、上流地区に近かったため、かなりの値段だった。

だから、この街の家の価格がどの程度なのかは聞いてみないと分からないけど、安いってことはないと思う。

でも、お金の心配はない。元の世界で蓄えたお金とこっちの世界に来てから稼いだお金がある。

あと、このことはフィナも知らないけど、トンネルの通行料の収入とかもある。

「わたしが持っているお金じゃ、絶対に買えないです」

まあ、鍋やフライパンを買うお金じゃ買えないのは確かだ。


わたしたちは大通りに出て、商業ギルドを探す。宿屋で聞いた話だと、このあたりにあるはずだ。

「ユナお姉ちゃん、あそこじゃないですか？」

フィナが指さす。その先には商業ギルドの看板がある。ここで間違いないようだ。

「そうみたいだね」

フィナとルイミンを連れて、商業ギルドの建物の中に入る。中は思ったよりも人が少ない。

わたしとしては人が少ないほうが助かるのでよかった。

受付を見ると、誰も並んでなく、順番を待たずにすみそうだ。

受付に行くと、可愛らしい女の子が座っている。受付嬢はドワーフの女の子だった。

「……クマ!?」

わたしが驚いていると、ドワーフの受付嬢もわたしの格好を見て驚く。

まあ、驚かれるのはいつものことなので、スルーして用件を伝える。

「えっと、家を購入したいんだけど」

「お嬢ちゃんたちが？」

受付嬢はわたしを見てから、後ろにいるフィナとルイミンを見る。このメンバーで家を購入するとは普通は思わないよね。

「お金ならあるから、心配しないで」

わたしがそう言うと受付嬢は怪しむような目でわたしたちを見る。

「えっと、確認ですが、ご両親はいらっしゃいますか？」

「いないけど、必要なの？　お金なら、ちゃんと払うよ」

「いえ、そんなことはないのですが……」

受付嬢はわたし、フィナ、ルイミンと見て、もう一度わたしを見る。そして、少し考えてから、市民カードをお願いされる。

「ギルドカードでもいいんだよね」

「はい。身分を証明できるものでしたら、かまいません」

わたしはギルドカードを差し出す。ギルドカードを受け取った受付嬢がカードを確認すると表情が変わる。

「名前はユナさん、冒険者ランクC、商業ギルドランクE……」

どっちで驚いているかわからないけど。やっぱり、冒険者ランクのほうかな。

「職業がクマってなんですか？」

そっちで驚いていたみたいだ。

「見てのとおりだよ」

面倒なのでそう答える。

「……分かりました」

何を納得したか分からないけど、尋ねないことにする。

「それでは、購入する家の場所の指定、購入金額の上限とか、ありますか？」

「お金の上限は特にないけど。できれば、街の中心から離れている場所で、人が出入りしても目立たない場所がいいかな。家は小さくてもいいよ。でも、汚い家はイヤかな」

わたしがクマの転移門を設置する条件に合う家を言うと、受付嬢はさらに怪しむようにわたしたちを見て、とんでもないことを口にする。

「街の中心から離れた目立たない場所って、もしかして、家出……」

「ち、違うよ。わたしの格好を見れば分かるでしょう。あまり、騒がれたくないだけ」

「本当ですか？」

クリモニアのときは、ミレーヌさんがわたしのことを知っていたので、簡単に借りることができた。王都の場合はグランさんとエレローラさんの口添えがあった。ミリーラの町はクラーケンの討伐やアトラさんの許可があったから、クマハウスを建てることができた。ラルーズの街ではレトベールさんに家を譲ってもらった。エルフの村では魔物退治のお礼として、ムムルートさんに場所を提供してもらった。砂漠の街、デゼルトでは領主であるバーリマさんの紹介状があった。

そう考えると、今まで家を建てたり、購入するときは、いろいろな人の助けがあった。

今回は紹介状もコネもなく、知り合いもいない。

今まで、いろいろな人の手助けがあったことを再認識する。

「……ユナお姉ちゃん」

「……ユナさん」

フィナとルイミンが心配そうにわたしを見る。

これは諦めたほうがいいかな。

街の外に作る方法もある。でも、知らないうちに気付かれて、騒ぎになっても困る問題がある。

どうしようかと思っていると、「クマの嬢ちゃんか？」後ろから、誰かが声をかけてくる。

振り向くと、今さっき、頭に思い出していた人がいた。

「レトベールさん？」

ラルーズの街でルイミンの腕輪の件で、迷惑をかけた人だ。

そして、ラルーズの街にクマの転移門を置くときに、家を融通してくれた人だ。

「そっちは、あのときのエルフの嬢ちゃんか」

「えっと、はい。あのときは、ご迷惑をおかけしました」

ルイミンはレトベールさんに頭を下げる。

「いや、あのときは孫娘のためとはいえ、わしも迷惑をかけたな」

「それで、どうして、レトベールさんがここに？」

「わしは、商人だぞ。買い出しに出向くぐらいする」

お爺ちゃんなのに、行動的だ。

「それじゃ、ここには買い出しに来てるってこと？」

「そうじゃ。それで、嬢ちゃんたちこそ、どうして、ここに？」

わたしは簡単に説明する。鍋やフライパンなどの調理道具を買いに来たことを。

そして、せっかくなので家を購入するつもりで、商業ギルドに来たこと。でも、この受付嬢に家出娘と思われて、困っていること。

話を聞いたレトベールさんは少し呆れ顔になる。

「嬢ちゃん、家を購入するのか？」

やっぱり、そう思うよね。普通は暮らす予定ではない場所に家を購入したりはしない。

「えっと……」

わたしがどうしようかと思っていると、隣にいたルイミンが口を開く。

「今後、わたしたちエルフが買い物に来たりすることがあるので、家を購入しようってことになったんです。ユナさんは、その代わりに契約をしてくれているんです」

ルイミンがそんなことを言いだす。でも、レトベールさんを納得させる言葉が思いつかないので、ルイミンの嘘にわたしも合わせる。

「それで、わたしもその家を使わせてもらう予定だから」

レトベールさんはわたしとルイミンを見ると、少し考えてから口を開く。

「それなら、わしが口利きをしてやろう」

「いいの？」

「お主とエルフの嬢ちゃんには迷惑をかけたからな」

嘘を吐いた感じで悪いけど、わたしが使うのは本当だ。

わたしはレトベールさんにお礼を言う。

「ありがとう」

レトベールさんはわたしの代わりに受付嬢の前に立つと話を始める。

…………

受付嬢が驚く。

…………

偉い人が出てくる。

……

3人で話し合う。

「分かりました。レトベールさんが身元保証人となってくださるなら、なにも問題はありません」

レトベールさんが交渉すると、あっという間に承諾が下りた。

レトベールさんのおかげで、変な疑い(家出)をかけられずに家を購入することができそうだ。

「それでは、希望に合う家をお探ししますので、少々お待ちください」

受付嬢は資料を探しに奥へ行ってしまう。

「レトベールさん、ありがとう」

「このぐらい、気にするな。じゃが、お金は大丈夫なのか?」

「大丈夫だよ」

お金の心配はするよね。

「それじゃ悪いが、わしは仕事があるから、これで失礼するぞ」

「お礼が」

立ち去ろうとするレトベールさんを引き留める。

「お礼なら、新しい絵本を描いたら、また孫娘のアルカに絵本を持ってきてくれればいい」

レトベールさんはニカッと笑うと行ってしまう。

レトベールさんも仕事で来ているので引き留めるのも悪い。レトベールさんの言うとおりに、新しい絵本を描いたら、アルカに持っていってあげよう。

433 クマさん、家を掃除する

レトベールさんは仕事に戻り、受付嬢はわたしの希望に沿った家を探してくれている。

「お待たせしました。希望に合う家はいくつかありました。確認をお願いします」

受付嬢は資料を手にして、戻ってくる。そして、わたしの前に、この街のものと思われる地図を広げる。

「えっと、それでは候補の場所とその周辺の説明をしますので、気に入った場所がありましたら、申し付けてください」

受付嬢は地図と資料を見ながら、家の大きさ、金額、周囲の環境を一つずつ、丁寧に説明してくれる。

レトベールさんのおかげなのか、かなり多くの候補を持ってきてくれた。

レトベールさんには感謝しないといけない。

「こちらは人が少ないですが、中心街から離れているので、少し不便になります」

「ここは、住宅街で人が多いですが、住みやすいです」

「こちらは、元鍛冶（かじ）職人の家です。人が多いところを避けたため離れた場所ですが、今は住んでいません」

「こちらは、新たに作られている住宅街です。今は人が少ないですが、将来的には多くの家が建つ予定です」

「ここは、中央街から離れていますが、静かな場所です。ですが、中央街から離れているぶん、買い物などに不便です」

わたしは、説明された中から、候補を2つに絞り込んで、実際に家と周辺を見てから、決めることにした。

案内役はこのまま受付嬢がしてくれるという。

受付嬢はファムと名乗る。

ファムは馬車を用意してくれ、それに乗っていくことになる。

フィナやルイミンがいるので、気を使ってくれたみたいだ。


わたしたちは馬車に乗って、1軒目の家へ向かう。

「そういえばユナさん。職業クマってなんですか？」

わたしの横に座っているルイミンが尋ねてくる。

どうやら、先ほどの商業ギルドでのやり取りのことを言っているらしい。

「冒険者ギルドで登録する職業だよ。剣を扱うなら剣士、魔法を使うなら魔法使い、って感じだよ。だけど、冒険者に登録するとき、わたしは剣は持っていなかったし、魔法使いって名乗っていいかわからなかったから、冗談でクマって書いただけだよ」

その冗談で『クマ』と紙に書いたら、ヘレンさんがそのままギルドカードに『クマ』と登録してしまった。そして、職業はクマのまま、今に至る。

「そうだったんですね。でも、冗談でもクマって書く人はいないと思いますよ」

それは異世界に来たばかりのわたしに言ってほしい。

あの頃は右も左も分からない状況だったんだからしかたない。

今だったら、魔法剣士とか、いいかも。

そんな会話をしていると、馬車が止まる。

「着きました」

わたしたちは馬車から降りる。

わたしの希望どおり、人が多くいる中心部から離れ、周囲に家は少ない。

たしか、元は鍛冶職人の家だったはず。

わたしたちは家の中に入る。

「埃(ほこり)くさいです」

ルイミンが鼻を押さえる。

「掃除が大変そうです」

フィナも口と鼻を押さえている。

「すみません。この数年、誰も住んでいなかったので。急ぎでしたら、すぐに掃除の手配をしますが」

軽く家の中を見たけど、すぐには住めそうもない。

「とりあえず、次の家を見てから決めるよ」

わたしたちは次の候補の家に向かう。

2軒目の家はクリモニアの孤児院みたいな壁の近くに建てられている。周囲に家が数軒建っているが、見た感じ人通りも少ない。

それにさっき見た元鍛冶職人の家より新しく綺麗だ。庭もあり、外から見た感じはいい。

「それじゃ、家の中に入りますね」

受付嬢がドアを開けて家の中に入る。

「中は綺麗だね」

「はい、お建てになってすぐに、家庭の事情で引っ越しをなさいました。それほど長い間、使用されませんでしたので」

数か月使われていなかっただけのようで、埃などが少し積もっている程度だ。

これなら自分たちだけで掃除もできそうだ。

「でも、中央の商店や露店まで遠いので……」

1軒目の家より、さらに遠い。

でも、住むわけではないので、問題はない。

だから、悩む必要もない。

「うん、ここにするよ」

値段も一番安く、人通りも少ない。周りにある家の数も少ない。いいことばかりだ。

「ありがとうございます。それでは手続きをよろしいでしょうか？」

受付嬢は書類を持って、書く場所を探す。

でも、テーブルや机などはない。受付嬢は「一度、ギルドに戻って」とか言いだしたので、わたしはクマボックスから、テーブルと椅子を2つ出す。

受付嬢はクマさんパペットから机が出てきたのを驚くが、わたしは気にしないで、契約書にサインすることにする。

「支払い方法は、どうなさいますか？　分割も可能ですが」

「一括で」

「えっ」

「一括で」

わたしはもう一度言う。

そして、面倒くさいので、契約書に提示されている金額をテーブルの上に出す。

「これで、いい？」

「えっと、確認しますので、お待ちください」

受付嬢はテーブルの上にあるお金を数え始める。

「はい、ちゃんとあります」

受付嬢は信じられないように、テーブルの上のお金とわたしを見ている。

「それでは、この家はユナさんのものになります。ありがとうございました」

受付嬢は引き攣った笑顔でお金をアイテム袋にしまっていく。

「それで、掃除のほうはどうしましょうか。別料金になりますが」

「思ったより綺麗だし、自分でするから、いいよ」

「そうですか、もし、なにかあれば、相談に乗りますので、商業ギルドのほうに来てください」

ファムは頭を下げて家から出ていった。

「それじゃ、わたしは掃除をするから、2人は街の散策でもしてきていいよ」

「わたし、お手伝いします」

「わたしも！」

フィナの言葉にルイミンも手を挙げて、協力を申し出てくれる。

「いいの？」

「はい。いつも、ユナお姉ちゃんにはお世話になっているから」

「それに、ユナさん一人に掃除をさせて、わたしたちだけ遊びにいけないです」

2人は、わたしにそう言ってくれる。

「ありがとう。それじゃ、手伝ってもらおうかな」

わたしは、ありがたく、2人の厚意を受け取る。

「はい」

「頑張ります」

わたしはクマボックスから、掃除道具一式を取り出す。

そして、汚れてもいいように2人にはエプロンを出し、着てもらう。

「どこからしますか？」

「まず、埃を外に出しちゃうから、窓を開けて」

わたしの指示で、フィナとルイミンは全ての窓とドアを開ける。

それを確認したわたしは風魔法を使い、床や狭い隙間などに入り込んだ埃などを集め、家の外に吹き出す。

「ユナさん凄(すご)いです」

「それじゃ、わたしは他の部屋もやるから、2人は他の掃除をお願いね」

「はい」

「任せてください」

フィナとルイミンは雑巾を持ち、掃除を始める。

でも、２人だけでは時間がかかるので、わたしは助っ人を呼ぶことにする。

クマさんパペットを前に出して、子熊化したくまゆるとくまきゅうを召喚する。

「くまゆる、くまきゅう、２人を手伝ってあげて」

「くまゆるちゃんとくまきゅうちゃん、掃除できるんですか？」

「「くぅ〜ん」」

自信満々に鳴くけど、床掃除ぐらいしかできないよね。

わたしが雑巾を出すと、くまゆるとくまきゅうは雑巾に前足を乗せ、後ろ足を動かして、歩きだす。

「凄い。わたしも負けられません」

「はい、わたしもです」

ルイミンとフィナは雑巾を持って、窓ガラスや棚になっている、くまゆるとくまきゅうには掃除できない場所を拭き始める。

この部屋は4人に任せて、わたしは他の部屋も同様に風魔法で、埃を外に飛ばす。

フィナとルイミン、くまゆる、くまきゅうが掃除してくれるので、どんどん綺麗になっていく。

そして、夕刻になる頃、掃除が終わる。

「疲れました」

「腕が重いです」

「「くぅ〜ん」」

フィナとルイミンはくまゆるとくまきゅうを抱いて、床に倒れている。

「掃除をしたからって、床に座らない」

「「は〜い」」

2人は返事をすると立ち上がる。


わたしは、最後に家を購入した目的を行うため、1階の倉庫にやってくると、一番奥の壁際にクマの転移門を設置する。

これで任務完了だ。

「ユナお姉ちゃん、帰りはこの扉を使うの？」

「う〜ん、ジェイドさんたち次第かな。帰るのが別々になれば使うつもりだけど、一緒に帰ることになれば使うことはできないからね」

「楽に帰れるのはいいけど、くまゆるちゃんとくまきゅうちゃんに乗って帰れないのも残念です」

まあ、最悪エルフの村にルイミンを送り返すってことにして、別々に移動する方法もある。

まあ、全てジェイドさんたち次第だ。

「それじゃ、お風呂に入って、掃除で汚れた体を綺麗にしてから帰ろうか」

暑い中、掃除をしたから、2人とも汗をかいている。それにエプロンを着けているとはいえ、髪とかは埃を被っている。

わたしはさっそく目の前にあるクマの転移門の扉を使い、エルフの森のクマハウスに移動する。


服を脱ぎ、掃除でかいた汗を洗い流し、体を綺麗にする。

「くまゆるちゃんも、綺麗にしようね」

「くぅ～ん」

「くまきゅうは、わたしが洗ってあげるね」

「くぅ～ん」

くまゆるはルイミン、くまきゅうはフィナが洗う。

全員綺麗になったところで、湯船に浸かる。

「う～、気持ちいいです」

「はい、一日の疲れが取れます」

2人は今にも溶けそうな顔で湯船に浸かっている。

「2人とも、今日はありがとうね」

「「くぅ〜ん」」

わたしがフィナとルイミンにお礼を言うと、くまゆるとくまきゅうが抗議するように鳴く。

「ごめん。くまゆるとくまきゅうもありがとうね」

「「くぅ〜ん」」

今度は嬉しそうに鳴く。

「でも、綺麗になってよかったです」

「別に住むわけじゃないから、あそこまで綺麗にすることはなかったんだけどね」

2人とも、丁寧に掃除をしてくれた。

「汚いところを見ると、掃除したくなります」

「わたしも、シュリが部屋をよく汚すので、気になって」

2人ともしっかりした女の子だ。

お嫁さんに欲しいぐらいだ。


そして、宿屋に帰ってくると、ジェイドさんたちから、試しの門が開いた話を聞いた。

書き下ろし

クマさん、夏用のクマの制服を作る

お店の中に入ると子供たちが涼しそうな表情でお客さんに挨拶をしている。

「ありがとうございました」

「いらっしゃいませ」

数日前、食事をするため、「くまさんの憩いの店」にやってくると、子供たちはクマの制服を着て仕事をしていた。その子供たちの額には汗が浮かび、顔が赤くなっていた。

まだ、暑い季節だ。それでなくてもキッチンにはパンやピザを焼くための石窯があるのでキッチンの気温も高くなる。わたしは暑そうにしている子供たちを見て「クマの制服を脱いで涼しい格好で仕事をしていいよ」と言った。

でも、子供たちからは否定的な言葉が返ってきた。

「くまさんの服を着なかったら、くまさんのお店じゃなくなるよ」

「くまさんの服を着て仕事をしたいです」

誰も脱ごうとはしない。

「でも、みんなが倒れたら、モリンさんが心配するよ。もちろん、わたしだって」

わたしの言葉に子供たちは口を閉じてしまう。

まるで、わたしが子供たちを虐めているみたいだ。

「わたしも、倒れられても困るから、涼しい格好をするようにって言っているんだけどね」

話を聞いていたモリンさんも子供たちを心配しているようだ。

「一応、水分を取らせたり、休ませたりしているけど」

子供たちはクマの制服を脱ぎたがらないみたいで、モリンさんも困っているみたいだ。

なにか、いい方法はないかな。

夏バージョンを作る？

半袖にして、頭のフード部分は取って、カチューシャみたいな、クマ耳を付けるとか？

想像すると、今以上に変なお店になってしまう。

わたしが考え事をしていると、子供たちが心配そうに見ている。

「ユナお姉ちゃん？」

もう、心配しているのは、わたしのほうだよ。わたしは女の子の頭の上にクマさんパペットを置く。

子供たちのクマのフードを見て、砂漠で会ったジェイドさんたちが着ていたフード付きのマントのことを思い出した。

ジェイドさんたちが着ていたフード付きのマントには水の魔石が縫い込まれて、暑さを和らげてくれるものだった。

ジェイドさんに教えてもらったとき、子供たちに涼しい服を作ってあげようと考えていたのに、すっかり忘れていた。

ピラミッド攻略をしたり、砂漠から帰ってきてすぐにミリーラに行く準備をしたりしていたといっても、言い訳にしかならないね。

でも、今からでも遅くはない。

「うん、分かったよ。でも、新しいクマの服を作るから、完成したら、それを着るんだよ」

「新しいクマさんの服？」

首を傾げる子供たちを置いて、わたしはクマの制服や水着を作ってくれたシェリーがいる裁縫店に向かい、テモカさんに相談した。

「作れるよ」

話を聞いたテモカさんは冷水マントの作り方を知っているそうだ。

なんでも、お偉い騎士様のマントとかには組み込まれているとのことだ。騎士は、暑いときでもマントを着ないといけないので、その対処方法としては一般的らしい。

たしかに、騎士って、暑いときでもマントを着ているイメージがある。逆に冬などはマントに包まって、温かそうだ。

そうなると、火の魔石を使うことで、温かい服とかも作れるのかもしれない。

「でも、水の冷たさを伝わせるために特別な魔力の糸を使うんだよ。その魔力の糸が普通の糸と違って、価格が高くて」

テモカさんは少し言いにくそうにする。

そんなことなら、問題はない。

「お金のことは気にしないでいいよ」

子供たちが倒れるほうが問題だ。

それにお金なら、「くまさんの憩いの店」の売り上げがある。

子供たちが働いて得たお金だ。子供たちのために使うのは当たり前だ。

「それで、その魔力の糸を使った服って、どのくらいの期間で作れますか？」

時間がかかると、作る意味がなくなってしまう。

制服は最低6着は必要だ。それからネリンに、たまにお手伝いするフィナとシュリの分も作っておきたい。

「いや、一から作る必要はないよ。今ある服に縫い込めばいいだけだから、それほど時間はかからないよ」

なんでも、お金を持っている騎士は一から作ることもあるけど、普通は部分的に縫い込むらしい。

「それだけで十分に涼しくなると思うよ」

ちゃんと涼しくなるなら、わたしとしては問題はない。

「それじゃ、お願いしてもいいですか?」

テモカさんは嫌な顔一つせず、了承してくれた。

でも、それにはクマの制服が必要だったので、わたしは一度店に戻り、みんなの予備の制服をすべて集めることになる。

クマの制服を持って裁縫店に戻ると、テモカさんとシェリーが、すぐに取りかかれるように準備してくれていた。

「それじゃ、シェリー。今日中に終わらせるから、頑張るよ」

「はい」

テモカさんとシェリーの2人がかりで、クマの服に魔力の糸を縫い込んでいく。

「シェリー、縫い込む位置はここだから、気を付けて」

「はい」

テモカさんは時には優しく、時には厳しくシェリーに自分の技術と知識を教えていく。

まだ、親子じゃないけど、いつかはゲンツさんとフィナみたいに、親子になれる日が来たらいいなと思う。

そして、テモカさんとシェリーは夕刻までに、すべてのクマの制服に魔力の糸を縫い込み、水の魔石を付けてくれた。

翌日、わたしは開店する前に店に向かう。

少し、来るのが遅かったのか、すでに子供たちは開店に向けて仕事をしていた。

「みんな、今日はこれを着て、仕事をしてみて」

わたしは子供たちに声をかけ、水の魔石が縫い込まれたクマの服を渡す。

「これは？」

「見た目は一緒だけど、これを着れば、涼しくなるよ。だから、暑いときはこれを着て仕事して」

「涼しくなるの？」

「うん、だから、これならクマの制服で仕事をしていいよ」

「本当！」

クマの制服を受け取った子供たちは更衣室に入っていく。

「はい、ネリンの分もあるよ」

「ありがとう」

ネリンもクマの制服を着ている一人だ。クマの制服を受け取ると、ネリンも更衣室に入っていく。

そして、しばらくすると、クマの制服に着替えた子供たちとネリンが更衣室から出てくる。

「ユナお姉ちゃん、着替えたよ」

「そしたら、胸のところにある魔石に触れてみて」

子供たちはわたしに言われたとおりに魔石に触れる。

子供たちの顔を見ても、よく分からない。

すぐに効果は出ないのかもしれない。

「とりあえず、それで仕事をしてみて、たぶん、昨日より暑くないはずだから」

わたしの言葉にみんなは仕事を始める。


流石にずっと見ているわけにはいかないので、わたしは一度家に帰り、時間を見て、お店に戻ってくる。

そして、裏口からキッチンの中に入る。

子供たちが動き回っている姿がある。

「ユナお姉ちゃん！」

「ユナお姉ちゃん」

子供たちがわたしに気付き、やってくる。

「どう？　涼しい？」

「うん、暑くないよ」

「涼しいよ」

子供たちは笑顔で答える。

わたしはクマの制服を着ている女の子の顔を見る。

昨日と違って、額に汗はかいていないし、顔も赤くない。

うん、大丈夫そうだ。

「でも、暑かったら言うんだよ」

「うん」

「わかった」

子供たちは仕事に戻っていく。

「ユナちゃん、ありがとうね」

パンを焼いているモリンさんが話しかけてくる。

「昨日と違って、子供たちが疲れた顔をしなくなったよ」

それなら、作ったかいがあった。

「モリンさんは大丈夫？」

子供たちは特殊なクマの制服で涼しく仕事ができるが、モリンさんは普通の格好だ。

「心配してくれてありがとう。でも、大丈夫。何年もこの仕事をしているのよ。このぐらいの

う。

「暑さ、慣れたものよ」

でも、慣れたといっても、暑いのがきついのは同じことだ。

まだまだ、暑さは続く。キッチンはパンやスポンジケーキなどを焼いたりするので、火も使う。

暑さ対策は必要だ。

わたしが氷の魔石を使ったクーラーもどきをキッチンに設置する話をモリンさんにすると

「わたしは、そんなにヤワではないよ」と言われた。

でも、万が一、モリンさんに倒れられても困るので、設置することにした。使う、使わないはモリンさんに任せる。

そのことを知ったカリンさんから店内にも設置してほしいとお願いをされたけど、お客さんに涼しいからと長居されても困るので、却下した。

「暑いなら、カリンさんもクマの制服を着る？」

カリンさんはわたしと違って可愛いから、似合うはずだ。

でも、カリンさんは「それは恥ずかしいから、無理！」と言って、断る。

「カリンお姉ちゃん、わたしも初めの頃は恥ずかしかったけど。一度着れば、慣れるよ」

一緒に話を聞いていたネリンが自分のクマの格好を見ながら言う。

でも、ネリンの言葉にも一理ある。わたしも初めの頃はクマの格好が恥ずかしかったけど、徐々に慣れてくる。

もう、クマの格好でクリモニアを歩くことに抵抗がなくなり始めている。

「ふふ、涼しいのに、カリンお姉ちゃん、もったいないな」

カリンさんはネリンのことを羨ましそうに見る。

「うぅ、自分の部屋なら……パジャマなら」

今度は悩み始めた。

そういえば、部屋にはクーラーがないから、夜は暑いかも。

数日後、カリンさんにクマの制服をパジャマ用として頼まれたので、テモカさんに作ってもらったのは内緒だ。

別にクマの制服でなくてもいいのに、カリンさんは、そのことに気づかなかったみたいだ。

鍛冶職人　クセロ編

俺が外から仕事場に戻ってくると、店の入り口の前に見知った人物がいた。前に武器を作ってやったことがある冒険者のジェイドたちだ。

そのジェイドたちが子供を連れている。特にその中でも黒い格好をした人物が目につく。黒い塊のような服を着て、頭には動物の耳みたいなものまでついていて、お尻には丸い尻尾みたいなものもある。

気になったので近づくと、ジェイドたちの話し声が聞こえてくる。

「ジェイドさんがミスリルの剣を作ってもらった鍛冶屋(かじや)は有名なんですか？」

どうやら俺のことを話しているらしい。ジェイドのミスリルの剣は俺が作ってやった。なかなかの出来だった。

「さあ、どうだろうね。この街の鍛冶職人はみんな優秀だからね」

ジェイドは答えるが、その答えは違うだろう。

俺は文句の一つを言うため、ジェイドの後ろから声をかける。

「そこは一番優秀って言うところだろう」

「クセロさん？」

俺が声がをかけると、全員振り返り、驚いた表情をする。

別に俺が一番とは思っていないし、名乗るつもりもない。だが、嘘でも優秀な鍛冶職人と言ってもらえると、鍛冶職人は嬉しいものだ。

ジェイドはバツが悪そうな表情をするが、冗談で言ったことだ。

「ジェイド、久しぶりだな。俺が作った剣でも折ったか？」

「折ってませんよ」

「それにしても面白い格好をした嬢ちゃんを連れているな」

俺は笑って、気になっている人物に目を向ける。

後ろからでは分からなかったが、黒い服を着ていたのは、クマの格好をした女の子だった。

こんな格好をしている人物は初めて見た。

ブカブカの服装で動きにくそうだ。手にはクマの顔をした手袋をしているし、足にも大きなクマの足のような靴を履いている。

これじゃ、動きにくいし、武器も振れないだろう。

まあ、こんなクマの格好した嬢ちゃんが剣を振るうことはないと思うから、余計なお世話だな。

どうも、武器職人の癖で、相手がどんな武器を扱えるか考えてしまう。

でも、なんで俺は嬢ちゃんが武器を扱えると思ったんだ？

武器職人の勘が、このクマの嬢ちゃんが武器を扱えると感じたみたいだ。

ふふ、俺の感覚も鈍ったみたいだ。


クマの格好をした嬢ちゃんはユナと名乗り、ジェイドに世話になっているそうだ。

「俺はクセロ。鍛冶職人だ。ジェイドからすると一番じゃない鍛冶職人みたいだがな」

「クセロさん……、俺は一番と思っていますよ」

ジェイドが俺の機嫌をとろうとする。

「ふん！　お世辞はいらん。俺は俺が作った剣を大切に使ってくれれば、それだけでいい」

それが鍛冶職人が一番に望むことだ。

俺の言葉にジェイドとセニアが俺が作った武器に大切そうに触れる。

俺の作った武器が2人の命を守り、その武器によって救われる命があると思うと武器職人としては嬉しいことだ。

そして、こうやって生きて顔を見せてくれることが、なによりだ。


それから、ジェイドたちがここにいる理由を尋ねると、トウヤの剣を頼みに来たそうだ。

俺は詳しい話を聞くため、全員を店の中に入れる。

いつまでも店の前で立っていたら、目立ってしかたない。

詳しい話を聞くと、俺にトウヤのミスリルの剣を作ってほしいとのことだった。

俺は難色を示す。

1年ほど前から贔屓にしていた新人冒険者がいた。その冒険者はお金がなく、俺が作った安物の剣を使っていた。だが、徐々に依頼をこなし成長していった。俺はそんなあいつに、良い武器を作ってやった。

だが、良い武器を得たことで自分の実力が上がったと思い、無理な依頼を受け、失敗して、命を落とした。自分の実力以上の武器を手にして、勘違いしたのだろう。

子供が武器を手に入れて、自分が強いと勘違いするのと同じことだ。

もし、自分の実力以上の武器を購入していなければ、あいつも無理な依頼は受けなかったかもしれない。

それから、俺は良い武器を作るときは相手の実力を知ってからにしている。

トウヤはお調子者だ。ジェイドたちがいなければ、危険なこともするだろう。

だから、トウヤがミスリルの剣を扱えるほどの実力になっていなければ作ってやるつもりはない。

俺はトウヤがミスリルの剣を扱えるほどの実力があるかテストをすることにした。

俺は昔に打ったミスリルの剣と、息子が作ったなまくらの剣を持って、裏庭に向かう。

そして、息子が作ったなまくらの剣を地面に突き立て、ミスリルの剣をトウヤに渡す。

「息子が打った、なまくらの剣だ。このミスリルの剣でその剣を斬ってみろ。もし、斬ることができたら、おまえさんにミスリルの剣を作ってやる」

これはかなり難しいことだ。

息子が作ったなまくらの剣とはいえ、鉄だ。簡単にできる芸当ではない。

だが、ミスリルの剣を手に入れれば依頼のランクを上げ、皮膚が硬い魔物や、硬い防具を身を纏(まと)った敵と戦うかもしれない。

なにより、実際の敵は動く。でも、この地面に突き刺さった剣は動かない。

動かない敵ぐらい斬ることができなければ、ミスリルの剣を扱う資格はない。

俺の言葉にトウヤは「分かった」と一言だけ言う。

トウヤはミスリルの剣を握りしめ、地面に突き刺さった剣を見つめている。

そして、剣を構え、振り下ろす。

速度も、力もいい。だが、角度が悪かったのか、地面に突き刺さっていたなまくらの剣は弾け飛び、地面に転がる。

やっぱり、無理か。

トウヤがもう一度やらせてほしいと頼んでくる。

結果は同じだと思うが、了承する。

案の定、結果は同じだった。

トウヤが剣に文句を言いだした。俺は同じことをジェイドにやらせる。ジェイドの奴は見事になまくらの剣を斬った。

実力は衰えていないようだ。

俺はトウヤに諦めるように言うが、トウヤは諦めず、時間をくれと言う。

まあ、数日練習しても斬れなかったら、トウヤの奴も諦めるだろう。

俺はトウヤの提案を了承すると、トウヤはミスリルの剣を持って出ていく。


ジェイドが斬った剣を片づけようとしたら、クマの格好をした嬢ちゃんがジッと地面に突き刺さっている剣を見ている。そして、トウヤに試したことをやりたいと言いだした。

これは簡単にはできない。地面に突き刺さった剣を剣で斬ろうとすれば、技術がなければ、先ほどのトウヤみたいに衝撃で剣が吹っ飛ぶだけになる。力だけで斬ろうとすれば、なまくらの剣は折れる。簡単にできることじゃない。角度、速度、力、いろいろ重なってできることだ。

それをやってみたいという。

さらに、一緒にいたジェイドとメルが、クマの嬢ちゃんができるみたいなことを言いだす。

もしかして、本当にできるのか？

だけど、俺がミスリルの剣がないことを話すと、驚いたことにジェイドが自分の剣を貸すという。

仲間に貸すことはあっても、こんな子供に貸すとは思わなかった。それだけ、ジェイドがクマの嬢ちゃんの実力を認めていることにもなる。

クマの嬢ちゃんはジェイドから剣を借りると、まるで重さを感じていないように剣を振るう。どこに、あんなに重い剣を振る力があるんだ。ジェイドの剣は大きいし、重い。それを簡単に振っている。もしかして、あのクマの服で分からないが、実はかなり筋肉があるのか？

クマの嬢ちゃんは地面に刺さった剣の前に立つ。

なんだ。

嬢ちゃんの顔が真剣な表情になったと思ったら、張り詰めた空気が俺を覆う。

嬢ちゃんから目が離せなくなる。

周りが静まり返った瞬間、嬢ちゃんが剣を振り下ろした。

速い。振り下ろしたのが分からなかった。この一振りでクマの嬢ちゃんの凄さが分かる。剣を上から振り下ろし、下段で止める力がないと難しい。初心者は剣の重さに振り回されることが多い。あんなに思いっきり振れば、途中で剣を止めることができずに地面にぶつかっていてもおかしくはない。でも、クマの嬢ちゃんは重い剣を速い速度で振り下ろし、ちゃんと止めている。

それは、剣に振り回されずに、ちゃんと剣を扱えている証拠だ。

だが、地面に刺さっている剣は弾け飛ぶことも、斬れることもなかった。

空振ったか？

いや、距離的に空振ることはない。それに剣が剣を通り抜けるところを見た。

クマの嬢ちゃんは地面に刺さっている剣を、持っている剣先で軽く突っつく。すると、ポロッと剣の上半分が地面に落ちる。

俺は目を疑った。斬れていた。しかも、音もなく。こんな芸当、まぐれや偶然ではできないぞ。

俺の腕に鳥肌が立つ。

なんなんだ。このクマの嬢ちゃんは。

クマの嬢ちゃんは自慢することもなく「ジェイドさんの剣がよかっただけだよ」と言う。ジェイドの剣を作った俺からすると嬉しくなる言葉だ。もし、嬢ちゃんからミスリルの剣を作ってほしいと言われたら、俺は断らないだろう。

格好はともかく、実力は本物だ。

あとがき

くまなのです。『くま　クマ　熊　ベアー』16巻を手に取っていただき、ありがとうございます。

この本が発売される頃にはアニメ放映開始直前かと思います。

アニメ化のお話があってから、長いようで、あっという間に時間が過ぎ去っていきました。月日が流れるのは早いものです。

当時、アニメに関することは全て監督さんにお任せしようと思ったのですが、原作者である自分にも、できる限り関わってほしいと言われましたので、自分も関われる場所には参加させていただきました。

参加することによって、いろいろな人がクマのために頑張っていることが知ることができ、とても良い経験をさせていただきました。

監督を中心にシナリオを書くライターさん、アニメーション制作をしてくださったＥＭＴスクエアードさん。クマを宣伝をする営業さん、キャラに声を与える声優さん、音響監督さん。音楽を作ってくださった方々。そして、全てを纏めるプロデューサーのＫＡＤＯＫＡＷＡのＫさん。自分が知らないところでも、多くの人たちが動いてくれたと思います。

そんな人たちの力によって、くまクマ熊ベアーというアニメ作品が作られていきました。アニメ制作に参加をしなかったら、知ることができないことがたくさんありました。

このような貴重な経験をさせてくださった皆様には感謝の言葉もありません。

この本を手に取っていただいているとき、アニメが放映される前なのか、後かのかは分かりませんが、クマという作品を読んでいただき、ありがとうございました。

まだ、書籍のクマは続きますので、引き続き、お付き合いいただければ幸いです。


最後に本を出すことに尽力をいただいた皆様にお礼を。

029先生には、いつも素敵なイラストを描いていただき、そしていろいろなリクエストに応えていただき、ありがとうございます。

編集様にはいつもご迷惑をおかけします。そして『くま　クマ　熊　ベアー』16巻を出版するのに携わった多くの皆様、ありがとうございます。

ここまで本を読んでいただいた読者様には感謝の気持ちを。

では、16巻でお会いできることを心待ちしています。

二〇二〇年九月吉日　くまなの

この本を読んでのご意見・ご感想・ファンレターをお待ちしております。
＜宛先＞　〒104-8357　東京都中央区京橋3-5-7
（株）主婦と生活社　PASH!編集部
「くまなの」係
※本書は「小説家になろう」（https://syosetu.com）に掲載されていたものを、改稿のうえ書籍化したものです。

くま　クマ　熊　ベアー16
2020年10月5日　1刷発行

著　者　くまなの
編集人　春名 衛
発行人　倉次辰男
発行所　株式会社主婦と生活社
〒104-8357　東京都中央区京橋3-5-7
03-3563-5315（編集）
03-3563-5121（販売）
03-3563-5125（生産）
ホームページ　https://www.shufu.co.jp

製版所　株式会社二葉企画
印刷所　大日本印刷株式会社
製本所　共同製本株式会社
イラスト　029
編集　山口純平
デザイン　growerDESIGN

　ISBN978-4-391-15437-5